삶과 창의성에 대하여

퀸시 존스의 12가지 조언

삶과 창의성에 대하여

퀸시 존스의 12가지 조언

퀸시 존스 지음 ● 류희성 옮김

이콘

사랑하고 아끼는 나의 7명의 아이에게 바칩니다

● ● ● ● ● ● ●

졸리, 레이첼, 티나, QD III,
키다다, 라시다, 케냐

인식은 물론 적용 가능하며 견고한 자아에 관한 한 퀸시 존스는 가히 세기적 음악존재일 것이다. 누구도 견줄 수 없을 만큼 넓고 포괄적으로 장르를 실험하고, 그것을 통렬한 열정으로 풀어온 그 광대한 에너지의 근원은 과연 무엇인가. 지난 2011년 내한했을 때 이 질문에 그는 손가락으로 위를 가리키며 신神이라고 답했다. 신이 자신에게 음악의 절대 인자들인 '사랑'과 '창의성'을 뿌려주었다는 것이다. 지금도 그 짜릿한 관조와 수용적 사고에 놀랐던 기억이 생생하다. 음악을 언어로 포착하기란 쉽지 않다는 것을 아는 그는 음악학 아닌 '음악을 살아내는' 삶과 자세에 관해 서술한다.

그것도 막연한 자기계발식 긍정심리로 설교하지 않고 자신은 쓰라린 고통, 훼손, 상실 등 실재 삶으로부터 동력을 길어 올렸다고 털어놓는 대목은 공감과 숙고로 끌어간다. 혼란스럽고 거친 인생, 그 처절한 호러 쇼에서 음악이 퍼뜨리는 진정鎭靜과 합슴의 가치. 음악은 물론 어떤 일에 종사하든 진정 필요한 조언들이다. 그는 사회적 약점과 규범을 딛고 일어서는 것이 예술가의 특전이 아니라 우리 모두에게 창의성이 있으며 그것을 자각할 권리가 있다고 했다. 그는 배제와 배타를 모른다.

─── 임진모(음악평론가)

음악을 좋아한다면 퀸시 존스를 모를 수 없다. 비단 마이클 잭슨Michael Jackson과의 작업만이 아닌 트럼펫 연주자로서 그는 당대에 일류였다. 프랑스에서 클래식을 공부한 뒤에는 영화 음악가로 명성을 떨쳤다. 그래미가 절대적 기준인 건 아니지만 80회 노미네이트, 28회 수상은 뭐로 봐도 경악할 만한 숫자다. 대중음악 역사를 통틀어 그보다 존재감이 큰 거장은 몇 되지 않는다는데 모두가 동의할 것이다.

내가 생각하는 거장에 대해 정리해 본다. 거장의 품은 넓다. 깊고, 포근하다. 얼굴은 부처님 미소를 떠올리게 한다. 그 어떤 불평을 해도 다 들어줄 것 같은 인자한 표정을 띠고 있다. 글도 그렇다. 나는 한 분야에서 일가를 이룬 사람은 (만약 글쓰기를 평소에 습관화했다면) 뛰어난 글쟁이가 될 확률이 높다고 보는 쪽이다. 퀸시 존스의 이 책을 읽으면서 추측은 확신으로 바뀌었다.

〈삶과 창의성에 대하여〉는 기본적으로 음악 책이다. 음악 책이 아니기도 하다. 그렇다. 퀸시 존스가 말하고자 하는 건 결국 음악을 경유한 우리의 인생이다. 퀸시 존스는 이 책에서 결코 정답을 확정하지 않는다. 삶의 고통과 분노를 어떻게 경영해 앞으로 나아갈 것인지에 대해 넌지시 조언을 건넨다. 도구는 음악이다. 그는 음악이 있어 "주변의 그물"에 휩쓸리지 않을 수 있었다고 말한다. 삶에서 새로운 무언가를 접할 기회를 획득할 수 있었다고 고백한다. 장담할 수 있다. 강압적인 명령형이 아닌 부드러운 권유형으로 써진 이 책은 도처에 널린 자기 계발서들과는 차원을 달리한다. 곁에 두고 오래 곱씹을 만한 지혜로운 문장이 수두룩하다.

그 어떤 분야든 정점에 다다른 사람은 곧 철학자가 된다고 믿는다. 책을 읽는 당신 역시 퀸시 존스가 뮤지션이라는 일상으로부터 길어 올린 철학에 깊이 공감할 수밖에 없을 것이다. 그것이 우연이든 필연이든 살아가다 보면 나라는 인간 자체에 큰 영향을 미치는 만남이 가끔은 찾아온다. 퀸시 존스에게는 그것이 음악이었다. 당신에게는 영화가 될 수도 있다. 사진이 될 수도 있다. 그림이 될 수도 있다. 책이 될 수도 있다. 어쩌면 바로, 이 책이 될 수도 있다.

———— 배순탁(음악평론가, 〈배철수의 음악캠프〉 작가,

〈배순탁의 B사이드〉 진행자)

꿈꿀 수 있는 것이라곤 갱스터가 되는 것뿐이었던 빈민가의 흑인 소년에서 시작해, 재즈와 대중음악을 넘어 대중예술 문화계의 거장이 된 퀸시 존스. 90여 년에 걸친 그 험난한 여정에는 퀸시 존스의 불굴의 도전 정신이 자리했다. 퀸시 존스가 '살아있는 전설'이 될 수 있었던 12가지 지혜를 이 책에서 확인할 수 있다.

———— 류희성(옮긴이, 월간 〈재즈피플〉 기자)

헌사

이 말을 먼저 하고 시작하겠다. 퀸시 존스Quincy Jones라는 인물을 정확하게 설명할 수 있는 단어는 존재하지 **않는다**. 그는 나의 삶의 방향을 바꾸었을 뿐 아니라 역사의 방향까지도 바꾸었다. 난 그가 이루거나 쟁취해낸 상과 찬사, 성취를 이야기하지 않을 것이다. 왜냐면 첫 번째로, 그러기 위해서는 온종일이 필요하기 때문이며, 두 번째로, 우리는 모두 그가 **그 대단한** 녀석dude ●이라는 걸 알기 때문이다. 그에겐 수식이 필요하지 않다. 그럼에도 나는, 사람들이 모르는 그의 작업이 얼마나 큰 영향력을 행사하는지를 이야기할 것이다.

잠시 설명해야겠다. 당연하게도 나는 아주 어린 시절부터

● 친근한 지인을 부를 때 쓰는 때 쓰이는 호칭. 퀸시 존스에게 의미가 있는 단어이기도 하다. 퀸시 존스는 1981년에 발표한 앨범 [The Dude]로 히트를 기록한 바 있다. 퀸시 존스의 대표곡에 포함되는 「Ai No Corrida」 「Just Once」 「One Hundred Ways」가 수록됐다.

큐Q●의 굉장한 팬이었고, 그가 마이클 잭슨Michael Jackson과 함께 만들었던 음악은 내가 음악을 더욱더 갈구하게 했다. 그는 모든 면에서 나의 우상이었고, 나는 그가 만든 음악 뒤에 있는 위대함에 대한 힌트들을 모조리 흡수하려고 노력했다. 실제로 만나기 전에도 그는 마치 아는 사람처럼 느껴졌다. 사실상 그와 그가 했던 모든 작업을 다 알고 있었기 때문이다.

2015년으로 돌아가자. 빅터 드레이Victor Drai는 자신의 나이트클럽에서 열린 내 공연에 큐를 데리고 와 나를 깜짝 놀라게 한 적이 있다. 내 우상이 무대 옆에 앉아 있고, 그가 공연을 볼 거란 이야기를 들었을 때 거의 정신을 잃었을 뻔했다. 마지막 곡을 마치자마자 나는 최대한 빨리 그에게 달려갔다. 그를 만날 생각에 정신이 팔려있었고—애초에 내가 음악을 하는 이유가 그 때문이다—무대 반대편에는 내 관심을 끌려고 내 이름을 부르짖는 팬들이 있다는 사실조차 거의 인지하지 못했다.

큐에게 다가가자, 그는 내게 다음과 같이 말했다. "팬들에게 가. 그들과 사진을 찍고, 사인을 해줘. 끝날 때까지 나는 여기에서 기다릴 거야. 더 중요한 건 그들이야."

오랜 시간을 걸쳐 그의 인터뷰를 시청하고 그가 프로듀싱한 수많은 곡을 들으며 얻은 무수한 가르침 중에서 그날 그가

●　퀸시 존스의 애칭.

한 지시가 가장 뜻깊었다. 그 순간 나는 평생 절대로 잊지 않을 가르침을 배웠다. 내 주변 사람들보다 더 소중한 것은 없으며 그들에게 돌려주는 건 받는 것보다 **무조건** 더 중요하다는 것을 말이다.

나는 그가 시킨 대로 했고, 팬들을 다 만난 뒤에 (전설 중의 전설인) 큐는 그 자리에서 나를 기다리고 있었다. 나는 그만큼 겸손한 인물을 본 적이 없다. 히트곡을 내고 약간의 인기를 얻고 나면 마치 세상에서 가장 중요한 사람이 된 듯한 기분을 느끼는 건 이 업계에서 흔한 일이다. 하지만 그 누구도 다다르지 못한 업적을 일군 이 남자의, 아주 조금의 이기심도 가지지 않은 행동은 언행일치, 그 자체였다.

나는 2021년 9월, 흑인음악행동연맹Black Music Action Coalition이 주최한 뮤직인액션 시상식Music in Action Awards에서 첫 '퀸시 존스 인류애상Quincy Jones Humanitarian Award'을 수상했다. 수상이 영광이었다는 말로는 충분하지 않다. 하지만 말로써 표현하지 못할 때 나는 음악으로 대신하니, 언젠가 당신들도 이 이야기를 노래로 들을 수 있을 것이다.

이 상을 받자 나는 많은 존경을 받게 되었다. 하지만 큐가 말과 행동으로 보여주었던 것처럼 세상에 환원하는 건 칭찬받을 일이 아니다. 인정을 받건 못 받건, 해야만 하는 일이다.

소소하고 개인적인 순간은 때때로 가장 중요하기도 한데, 이 책은 그러한 역학에 관한 것이다. 나는 대중들에게 보이는 모습을 가지고는 있지만 아주 개인적인 사람이기도 해서 이건 아주 중요하다. 나는 토론토에서 아버지 없이 자란 에티오피아 출신의 꼬마와 여전히 같은 사람이다. 그리고 큐는 시카고에서 어머니 없이 자란 꼬마와 여전히 같은 사람이다. 우리가 창작하는 데는 각자 다른 개인적인 이유가 있을 것이다. 하지만 우리의 출신이 어디이고, 받는 것보다 베푸는 것이 왜 더 중요한지를 잊지 않을 거란 걸 안다.

이 책의 마지막 장에 큐는 이렇게나 아름답게 표현했다. "우리 개개인의 창의적인 목소리가 이를 가장 필요로 하는 사람들에게 미약하게나마 연결성을 느낄 수 있도록 하는 것이 나의 바람이자 기도다." 나의 예술도 그랬기를 바라며 앞으로도 그럴 수 있기를 바란다.

(나를 포함해) 우리는 모두 실수를 한다. 내가 큐를 사랑하는 이유 중 하나다. 그는 실수를 두려워하지 않으며 그것을 더 나은 사람이 되기 위한 자양분으로 삼는다. 이 책도 예외는 아니다. 이 말은 거의 법칙에 가깝다.

2015년 7월 14일, 나는 트위터에 이렇게 썼다. "퀸시 존스가 어젯밤 나를 보러 왔고, 나는 지금도 믿기지 않아."

2021년 9월 23일, 나는 퀸시 존스 인류애상—내가 받은 것 중 최고의 상이다—을 받았다.

그리고 오늘, 나는 〈삶과 창의성에 대하여〉의 헌사를 쓰고 있다. 절대 당연하게 여길 수 없는 큰 영광이며, 이를 맡겨준

큐에게 감사의 마음을 전한다. 내게 직접적으로 가르쳐준 모든 것들에 대해, 그리고 당신의 말과 행동으로 가르쳐준 모든 것들에 대해 감사를 드린다.

이걸 읽고 있을 사람들에게 전한다. 이미 그의 자서전을 읽었거나 그에 대해 많은 것을 알고 있더라도, 이 책의 페이지들에 그가 담은 충고들에 귀를 기울이기를 바란다. 장담하건대 그것이 가장 중요한 것들이다.

───── 에이블 "더 위켄드" 테스페이Abel "The Weekend" Tesfaye

목차

서론

나는 종종 나의 '성공 방정식'이 무엇이냐는 질문, 또는 (이 글을 쓰고 있는 현재) 그래미 어워드 최다 후보 지명자가 된 비결이 무엇이냐는 질문을 받는다. 하지만 솔직하게 말하자면 그런 방정식이나 비결이란 건 없으며, 그런 게 존재한다는 사람이 있다면 그건 되는 대로 한 소리다. 그럼에도 나는 이 책이 나의 개인적인 '방정식'을 공유할 수 있는 장소로 안내할 것이라고 생각하고 싶다. 나는 어떻게 살아야 한다거나 생업을 위해 무엇을 하라고 하려는 게 아니다. 다만 내가 받은 가르침과 조언, 그리고 굴곡으로 가득했던 풍성한 삶을 살게 해준 삶과 창의성에 대한 결론들을 나누고자 하는 것뿐이다. 목적이 있는 삶에 관한 것이다.

내가 들려주려는 이야기가 독자의 나이와 상관없이 자신들에게 연관해서 생각할 수 있는 책이 되기를 바란다. 내가 자서전을 쓰고 출간했던 2001년과 지금의 나는 정말 다른 위치에 있고, 이 둘은 전혀 다른 책이다. 자서전은 내 삶의 순간들을 공유하는 하나의 방식이었다.

〈삶과 창의성에 대하여〉는 나의 삶과 이 땅에 살면서 내가 얻은 조언과 기술들을 소개함으로써 독자의 정신을 고양하게 하고 변화하게 하려는 책이다. 내 인생의 상당 부분을 살아본 후 내 인생을 되돌아볼 때의 아름다움은 살만함과 변화 등 모든 것을 명확하게 볼 수 있다는 것이다. 2015년에 술을 끊은 후로 나의 기억들이 다시 흐르기 시작했다. 그것들은 내게 새로운 시야를 가져다주었고, 창의성을 발휘하는 데 어떠한 벽에 막혀서 나아가지 못했던 사람들에게 전해줄 수 있는 핵심적인 이야기를 정제할 수 있게 해주었다.

나도 한때 경험했던, 이 업계에서 자신만의 독창적인 길을 찾아 나서려고 노력하는 젊은 예술가들을 위해 이 책을 썼다. 동시에 나는 자신들이 진정으로 원하지 않았던 직업 또는 삶의 방식을 안고 살아가는 모든 사람을 위해서도 이 책을 썼다. 우리의 많은 집단적 약점과 사회적 규범들은 창의성이 이름을 널리 알린 예술가들에게만 의미 있는 것이라 믿게 했다. 나는 이게 개소리라고 생각한다. 우리 모두에겐 창의적인 가능성이 있으며 우리는 모두 이를 자각할 권리가 있기 때문이다. 이건 우리가 그 가능성을 실천할 수 있도록 스스로를 허락하는가에 달린 문제일 뿐이다.

이 책의 순서상의 구성에 대한 간략한 배경을 소개하기

에 앞서, 내 삶에서 12라는 숫자는 늘 큰 의미가 있었다는 말을 전한다. 파리에서 나를 가르쳤던 나디아 불랑제Nadia Boulanger●는 내게 이렇게 말하곤 했다. "퀸시, 이 세상엔 열두 개의 음밖에 없어. 신께서 우리에게 열세 번째 음을 주시기 전까지 너는 사람들이 그 열두 개로 무엇을 했는지를 공부해." 바흐, 베토벤, 보 디들리Bo Diddley 등 누구에게나 똑같은 열두 개의 음이다. 정말 엄청나지 않은가? 우리에게 주어진 건 그것뿐이고, 리듬과 화성, 선율을 조합해서 우리만의 독창적인 소리를 만들어내는 건 우리 개개인의 몫이다.

우리 음악가들이 똑같은 열두 개의 음을 이용해 다른 결과물을 도출해낼 때마다 나는 대단한 흥미로움을 느낀다. 같은 방식으로 나는 나의 여정(사람들은 나를 '포레스트 검프'라고 부르길 좋아하지만, 알다시피 나는 '게토 검프'를 선호한다)을 따라 나의 원칙, 삶에 대한 접근법, 철학을 열두 개의 장(이 책의 경우에는 나는 그걸 '노트Note'라고 부르겠다)에 걸쳐 담아내려고 한다. 그러므로, 내용을 건너뛰어도 되고, 뒤섞어도 되며, 필요한 건 가져가고 그렇지 않은 건 남겨두어도 좋다. 어찌 되었든 그 결과는 대단히 아름다울 거라고 믿는다. 오선지는 당

● 프랑스 출신의 음악교육자 연주자. 다니엘 바렌보임(Daniel Barenboim), 에런 코플런드(Aaron Copland), 필립 글래스(Philip Glass) 등의 현대음악가와 고전음악가뿐 아니라 현대적인 탱고의 개척자 아스토르 피아졸라(Astor Piazzolla), 대중음악 작곡가 버트 배커랙(Burt Bacharach) 등을 가르쳤다.

신의 손에 있다. 그것으로 무엇을 만들어낼 건지는 여러분에게 달려 있다. 대단히 고맙다.

———— 퀸시 존스

Note

고통을 목적으로 승화하라

실제로 분석을 해보면 창의성이라는 건 두 개의 부분, 과학적인 좌뇌와 영혼을 담당하는 우뇌로 이루어진다. 과학적인 부분은 교육과 경험을 요구한다. 하지만 (감정들로 구성된) 영혼적인 부분은 배움으로써 채울 수 없다. 그건 한 인간으로서 당신이 누구인지를 보여주는 정수 그 자체다. 글쎄, 나의 정체성을 보여주는 정수는 아주 두터운 트라우마에 쌓여 있었고, 창의적인 표현을 탈출의 방법으로 사용하여 탈출구를 찾아냈다. 환경을 통제할 수 있는 능력이 전혀 없는 환경에서 자란 나에게 창의력은 조금이라도 안정감을 얻을 수 있는 유일한 방법이었다.

우리 가족이 태평양 연안 북서부로 이주한 뒤, 나는 내게 좋지 않은 일이 발생할 때마다 음악으로 가득한 상상 속의 세계로 떠나곤 했다. 나의 삶에서 벌어지는 일들을 다스리지 못할 때 내가 할 수 있는 탈출법이었다. 여러 의미에서 나는 아주 긴 세월 동안 그 같은 공간에 들어갔고, 부정적인 에너지를 창의성으로 변환했던 것 같다. 이런 방법은 내가 억압되었을 때 나의 감정을 분출할 수 있게 했고, 스스로는 언어로서 전할 수 없었을 이야기들을 나눌 수 있도록 했다.

이를테면, 고인이 된 나의 형제 마빈 게이Marvin Gaye의 혁신적인 1971년 싱글 「What's Going On」에서 그가 이야기한 상실감, 사회·정치적 불안감, 전쟁, 인종적 갈등 등 그의 개인적인 경험들을 떠올리지 않을 수 없다. 그 누구도 당시에 어떤 일이 벌어지고 있는지를 몰랐지만 그와 동료 작곡가들은 그들이 공감한 의문과 고통, 집단적 혼란의 감정 등을 가사로써 그리고 음향을 통해 그 곡에 담아냈다. 적대적인 환경과 비극적인 사연이 그의 창의력을 가로막았지만, 그는 상처를 치유로 승화시킬 수 있었다. 그건 희망의 말이나 세상 상황에 대한 상호 이해의 표시가 필요한 사람들을 위한 치유였다.

지금 이 글을 쓰는 현재도 가사에 담긴 것과 비슷한 감정을 느끼고 가사에서 이야기하는 것과 같은 것을 향해 나아가고 있다는 것은 아주 명백하다. 그의 비극적인 죽음으로부터 아주 오랜 시간이 흘렀음에도 이 곡이 수많은 사람에게 중요한 의미가 있는 보편적인 앤섬Anthem이 된, 대단히 강한 힘을 지닌 작품이라는 것은 분명하다. 정말이지 그가 그립다.

우리는 모두 각자의 방식으로 표현한다. 「What's Going On」이라든지 「We Are the World」「Let It Be」와 같은 앤섬들과 비슷하게 들리거나 보이는 무언가는 아니겠지만, 우리는 우리보다 위대한 것들에 우리의 인생 경험을 투영해볼 수 있는 능력이 있다. 역경의 한가운데서 실망감이나 분노를 찾기 쉽다. 하지만 나는 나의 문제들보다 나의 목적이 훨씬 더 크게 느껴졌다. 물론, 문제를 강조하는 게 훨씬 쉬운 일이지만 말이다.

88년을 넘게 세상을 살면서 꽤 많은 기복이 있었지만(지금 누구를 노인이라고 부르는 건가?), 이 나이가 되어서 가장 좋은 점은 삶의 여러 단계와 그것들을 묶어주었던 뚜렷한 가닥들을 돌아볼 수 있다는 사실이다. 당시에는 그 가닥들이 모두 무너질 것만 같았다. 음악은 그 가닥 중 하나였을 뿐 아니라 나의 삶에서도 아주 중요한 역할을 맡았다. 알다시피 나는 일반적인 의미에서의 어머니가 부재했고, 그런 의미에서 나는 **음악**을 나의 어머니로 삼았다.

경고하건대 내가 고통을 목적으로 승화하는 것의 중요성을 배운 과정은 다소 이해하기 어려울 수 있다. 하지만 그 자세한 내용을 이야기하는 것은 부정적인 것을 창의성으로 변모시킨 방법을 설명할 유일한 방법이다.

1942년, 9세.

"엄마를 보러 갈 거란다." 아버지는 말했다.

엄마. 내겐 어떠한 친밀감조차 느낄 수 없는 두 글자였지만, 머릿속에 있던 생존 본능은 무료 거주지를 확보받을 수 있다는 생각을 하게 했다. 아버지가 우리를 어디로 데려가는지 알 수 없었다. 아버지의 오래되고 낡아빠진 뷰익의 뒷자리에 앉은 나와 남동생 로이드Lloyd는 무력하게 차를 타고 갈 수밖에 없었다. 시곗바늘이 몇 바퀴를 돌았는지 모를 정도로 오랫동안 차를 타고 간 우리는 마침내 도착했다. 아주 높은 흰색 벽돌 빌딩이 줄지어 있었고, 한쪽에는 푸른 초원과 꽃, 나무가 배경처럼 펼쳐져 있었다. 차에서 내린 로이드와 나는 '만테노주립병원'이라고 쓰여 있는 간판을 보고 말았다.

입구에서 이어진 긴 보도를 걷는 내 발걸음은 마치 늪에 빠진 듯이 점점 무거워졌다. 감당하기 어려울 정도로 새하얀 건물에서 비친 불길한 빛은 우리 일행을 뒤덮었고, 우리가 목적지에 다다를 때까지 우리의 길을 밝혀주었다. 건물 안과 나머지 세상을 갈라놓은 공포스러웠던 목제 이중문이 천천히 그리고 조심스럽게 안으로 들어가려는 우리를 비웃는 것처럼 느껴졌다.

안에 들어서자 리졸 세정제 냄새의 파도가 나의 콧속을 가득 채웠다. 소변과 땀의 불쾌한 냄새를 감추기 위한 헛된 시도였다. 나는 뒤돌아 나가고 싶었지만, 때는 이미 늦었다. 모두 똑같은 가운을 입은 사람들이 바닥과 가구 꼭대기에 아무렇게나 올라가 있었다. 나는 나 자신에게 지금 보고 있는 것들이 실재가 아니라고 세뇌하려고 했고, 나의 두려움은 불신으로 변하기 시작했다. 일부는 누워있었고, 일부는 비명을 지르고 있었으며, 일부는 구석에서 공처럼 몸을 말고 있었고, 다른 사람은 발작하듯이 자신들을 비웃었다. 그리고 대부분은 좀비들처럼 방안을 돌아다녔다.

우리가 무언가 준비할 틈도 없이 모두가 행동을 멈추고 우리에게 온 관심을 집중하는 듯했다. 에너지가 쏠렸고, 방의 구석에 있던 맨발의 여성은 무리에서 뛰쳐나와 우리에게 달려왔다. 그녀가 소리를 질러대자 이미 고통스러웠던 나의 심리 상태는 더욱 악화되었다. "너희에게는 파이가 주어지지 않을지어다! 너희에게는 파이가 주어지지 않을지어다!" 그러면서 그릇을 내밀었는데, 알고 보니 그 안에 가득 들어 있던 건 인분이었다.

아버지는 그런 위협을 가로막으며 우리를 지키려고 했고, 우리를 끌고 복도 끝까지 갔다. 보호하는 느낌을 주려고 우리의 어깨를 잡은 듯했지만, 아버지의 덜덜 떨리는 손은 나의 불안감을 가중할 뿐이었다.

길 잃은 영혼들의 바다를 마침내 건넌 뒤에 나의 시선은 우리들의 가장 소름 끼치는 모습을 향했다. 나의 어머니, 세라Sarah였다. 어머니는 허약한 몸으로 옆에 있는 사람들과 똑같은 환자복을 걸치고 있었고, 낡아빠진 슬리퍼에는 발이 겨우 들어가 있었다. 아버지는 단호한 목소리로 어머니를 불렀고, 어머니는 고개를 들어 우리를 바라보며 아주 천천히 우리가 누구인지를 떠올리려고 했다.

희미한 미소는 어머니의 어두운 얼굴을 조금은 밝혀주었다. 내가 다섯 살 꼬마였던 시절 나의 머리를 빗겨주고 얼굴을 닦아주고, 옷을 입는 것을 도와준 뒤에 보여주었던 그때의 미소를 떠올리게 했다. 그 미소는 1분 정도 갔다. 우리를 알아본 희망 가득했던 표정은 곧 미간을 잔뜩 찌푸린 분노로 잠식됐다.

"아이들에게 인사해." 아버지가 요청했지만, 적막만이 흘렀다. 그리고 그런 반응에 이어진 건 어머니의 고함이었다. 온갖 음모론이 이어졌다. 아버지가 '만난다는' 여성부터 시작해 예수님, 권투선수 조 루이스Joe Louis, 교황까지 온갖 이름이 입에 올랐다. 아버지는 어머니를 진정시키려고 했지만 어머니는 이렇게 맞받아쳤다. "네가 내 아들들을 빼앗았어! 당신네 깡패 신부들이 나를 끌고 오기 전까지 나의 삶은 멀쩡했어! 난 여기서 잠도 못자고 있어!"

"아이들에게 인사 좀 해, 세라." 아버지는 계속해서 말했다. 둘은 똑같은 말은 주고받았고, 어머니의 목소리는 점차 더 커졌다. 어머니의 목소리가 최고치에 도달했을 때 그녀가 휘두르던 손이 그대로 멈췄다. 그리고 곧 어머니는 양손을 엉덩이에 받친 채 바닥에 주저앉았고, 그대로 한쪽 손바닥에 대변을 눴다. 그리고 그것에 손가락을 찌른 뒤 자신의 입으로 가져갔다.

아버지는 화가 많은 편이 아니었지만, 한번 화가 나면 주체하지 못했다. 아버지는 비명을 지르는 동시에 어머니의 손가락에 묻은 걸 쳐내기 위해 다가갔다. 아버지가 어머니의 행동을 저지한 뒤 나와 로이드의 옷깃을 잡고 그곳에서 빠져나가려고 하자, 어머니는 급하게 일어나서 우리에게 달려왔다. 건물 밖에 세워둔 뷰익 차량은 우리들의 임시 안전지대 역할을 했다. 어머니가 내지른 고음의 비명은 그곳까지 우리를 쫓아온 듯했다.

"정말 미안하구나." 아버지는 이 말을 반복했다. "너희들을 이곳에 데려와서 이런 꼴을 보여 미안하구나. 너희들이 이해해야 해. 어머니는 지금 상태가 좋지 않단다."

"어머니는 지금 상태가 좋지 않단다." 이 문장은 나의 유년기 내내 반복해서 떠올랐고 나를 계속해서 괴롭혔다. 이 문장은 이후 몇 년 동안 내가 일을 처리하는 방식에 영향을 끼쳤다. 치매 유발과 어머니처럼 미쳐버리는 것에 대한 엄습하는 공포는 나의 머릿속 구석구석에 자리를 잡으며 가득 채우기 시작했다. 매일 밤 그런 공포에서 도망치지 못했다. 잠에서 깰 때조차도 어머니의 목소리가 늘 들렸고, 이 때문에 나 또한 미쳐가고 있다는 생각을 할 정도였다. 어머니도 그렇게 됐다면, 나도 그렇게 될 수 있는 게 아닌가? 아니, 어쩌면 이미 미쳐버린 것일까?

나는 두 가지 종류의 사람이 있다고 확신했다. 잘 보살핌을 받으며 큰 사람과 그렇지 못한 사람. 그 사이의 중간은 존재하지 않는다. 보살핌을 잘 받은 사람은 그 사실을 알고 있다. 그렇지 못한 사람은 그 사실을 정말 잘 알고 있다. 그 후유증은 다른 사람을 어떻게 바라보고 대하는지에서 드러난다. 자기 자신을 어떻게 보고 대하는지는 더 말할 것도 없다. 그것은 당신이 영혼에 쌓으려고 하는 단단한 벽의 틈새를 통해 새어나오고, 결국에는 당신의 모든 움직임에서 새어나오기 시작한다. 불행하게도 내 경우에는 모든 REM 수면 단계에서 나타났다.

조현병으로 인해 한바탕 사고를 크게 치른 뒤 어머니가 만테노주립병원으로 끌려간 이후—우리가 방문하기 대략 2년 전의 일이었다—거의 매일 밤 나는 아무리 노력해도 떨쳐낼 수 없는 아주 괴상한 악몽에 시달렸다. 이 꿈에서 나는 피아노 앞에 앉아 정체를 알 수 없는 음과 멜로디로 이루어진 클래식곡을 연주했다. 그러면 어머니가 내 뒤에 나타나 나에게 연주를 그만하라며 애원했다. 그녀의 목소리는 두 개로 갈라졌고, 그다음에는 네 개로, 그다음에는 백 개, 천 개로 분산되며 나의 머릿속을 그녀의 분노로 가득 채웠다. 여러 명으로 복제되는 어머니가 나오는 꿈에서 그녀의 목소리에 대적하기 위해서는 나의 목소리를 키워야 한다는 걸 깨닫게 됐다.

피아노 앞에 앉아 연주하는 동시에 나는 힘을 모아서 이렇게 소리쳤다. "제발 그만 하세요! 누군가 사랑을 노래해주세요. 누군가 저를 사랑한다고 노래해주세요." 내가 더 강하게 선언할수록 어머니의 강요는 더 빠르게 잦아들었고, 잠 못 이루는 밤에도 온전한 정신을 회복할 수 있었다.

악몽에서의 내 반응이 먼 미래에 나의 모습을 예견한 것이라는 걸 그때는 잘 알지 못했다. 비록 그 당시에 나는 악기 연주법을 몰랐지만—당시에 나는 겨우 열 살이었다—꿈속의 피아노는 마치 내가 걷게 될 길, 음악이 나의 무기가 될 거라는 걸 예견한 듯했다. 나는 내 머릿속에 울리는 목소리를 잠재울 뿐 아니라 내가 갈망했던 즐거움을 퍼뜨리기 위해 음악을 이용했다. 어떤 측면에서 내가 외쳤던 말은 내 안에서 점점 커지고 있던 '사랑 받고 나누려는 갈망'을 반영한 것이기도 했다. 내가 가정에서 느끼고 싶었던, 어머니에게서 받고 싶었던 사랑을 말하는 것이다.

자신을 지지하고 지켜줘야 할 유일한 여성이 붙잡혀서 정신병원으로 끌려가는 모습을 보게 된다면, 그 어떤 아이라도 온 세상이 흔들리는 것처럼 느낄 것이다. 특히나 특별한 롤모델 없이 빈민가에서 큰 아이라면 더욱 그럴 테고 말이다. 어머니의 부재, 일 때문에 집에 있는 날이 적었던 아버지 밑에서 나는 삶의 방향을 잡을 수 없었다. 당시의 나는 절망감에 휩싸여 있었다.

　나의 고통과 분노는 실재했고 분명했음에도 나는 그것을 마음속에 가두지 않는 것이 중요하다는 걸 깨우쳤다. "분노는 산酸과 같아서 산이 뿌려지는 대상보다 산을 담고 있는 그릇에 더 큰 해를 끼칠 수 있다"라던 마크 트웨인Mark Twain의 통렬한 말처럼 말이다. 안전과 소속감을 찾던 끝에 나는 갱단의 구역 안에서 그걸 찾으며, 아주 거친 방법으로 그걸 깨달았다. 그런 갈망은 훗날 불건전한 관계와 일중독 등 온갖 모습으로 변해갔다. 벌써부터 너무 궁금해하지 않아도 된다. 그 얘기는 조금 후에 할 것이다.

　온갖 결핍과 성장 과정에서의 부정적인 경험들에도 불구하고, 나는 운이 좋은 녀석 중 하나였다는 사실을 안다. 나의 일생 동안, 마치 하나님은 내가 마주한 내적 감정들은 나를 무너뜨리려는 게 아니라고 이끌어주신 것 같았다. 그런 경험들은 오히려, 나와 비슷한 상황에 처한 사람들에게 동조하고 도움을 줄 수 있는 공감 능력을 제공해주었고, 내가 상상도 할 수 없는 인생의 전장으로 뛰어들 수 있게 했으며, 내가 일생에서 만든 모든 음악적 창작물에 쏟아낼 수 있는 깊은 수준의 감정을 갖게 했다. 나는 고통에 목소리가 있으며, 음악이 나의 탈출구라는 걸 알게 됐고, 사실 그건 행운이었다. 생각해보면 고통과 분노는 언제나 나의 몸 안에 있었던 것만 같다. 그저 그걸 잘 양육하여 목소리를 낼 수 있게 해야 할 뿐이었다. 그 이후로 내가 만든 많은 곡이 사랑에 관한 건 그 때문일지도 모른다.

어머니와 진정한 관계를 맺을 수 있었다면 좋았겠다는 생각을 하곤 하지만, 누가 알겠나? 내가 안정적인 집안에서 성장했다면 나는 한심한 음악가로 성장했을지도 모르는 일이다. 어머니가 없었기에, **음악**이 어머니의 역할을 맡아주었고, 그 이후로 줄곧 음악은 나를 이끄는 존재였다. 솔직하게 말하자면, 성장기 대부분 동안 내게 침투한 고통을 감내하지 않았다면 나는 표현의 도구, 그리고 지금과 같은 방식으로 나에게 적용하는 방법을 절대로 찾지 못했을 것이다.

망가진 이 세상에서 경험하는 필연적인 어려움에서도 중요한 건 자신의 공허함을 채우는 것이 무엇인지, 그리고 그걸 어디로 발산할 것인지를 아는 것이다. 피해의식에 빠지는 순간, 당신은 외적인 문제들을 처리해야 하는 상황을 마주할 뿐아니라 한 인간이자 창조적인 존재로서의 성장을 저해하는 내적인 문제들을 직면하게 될 것이다. 당신 삶의 주머니 속으로 침투한 괴로움이 당신의 삶 전체를 잠식하게 할 필요는 없다. 이것은 내가 창의성이 우리가 지닌 가장 아름다운 선물이라고 생각하는 이유이기도 하다. 잘 활용할 수 있다면 창의성은 표출의 방식이 될 뿐 아니라 골칫거리를 단순한 감상 이상의 무언가로 변화시킬 힘을 가지고 있기도 하다.

당연히 우리가 개인적으로 경험하는 것들은 각각 다르지만 우리가 마주하는 감정들은 보편적이다. 이 말에 대부분 공감할 것이다. 우리에게 창의성이 필요한 이유다. 결속을 느끼게 한다. 미술품과 노래, 글에는 모두 그 힘이 실려 있다. 우리에게 고고학이 왜 있는지를 생각해보자. **내셔널지오그래픽**에 의하면 이 학문은 "남아 있는 물질을 통해 인류의 과거를 연구한다. 이 물질은 인간이 창조했거나 변형했거나 사용한 모든 대상을 포함한다"로 정의된다. 우리가 창의성을 생각할 때 우리는 다소 근시안적으로 접근한다. 이것이 우리만을 위한 것이라고 생각하지만, 실은 그보다 크다. 창의성은 우리 경험의 일부와 마음을 반대편에 있는 감상자에게 전달할 수 있게 한다. 지금 당장일 수도 있고, 이 세상을 떠난 먼 이후일 수도 있다. 나는 이 존재에는 분명한 이유가 있다고 생각한다.

자, 이걸 어떻게 할지를 하루 만에 깨우쳤다고는 나도 말할 수 없다. 나를 밑바닥으로 몰아넣으려고 위협했던 파도 위에 내가 계속해서 버티려고 했다는 것은 아주 잘 안다. 하지만 내가 이 나이까지 올 수 있었던 유일한 이유는 내가 나의 한계들에서 배우고 성장하려고 했기 때문이다.

우리 주변의 그물에 잡혀서 끌려가 버리는 건 쉬운 일이다. 하지만 그건 우리의 삶에서 새로운 무언가를 접할 기회를 차단하는 일이다. 사랑을 받기 위해 팔을 활짝 펼치고 있으면 약간은 상처를 입고 베이기도 하겠지만, 그 이상으로 많은 사랑을 받게 될 거라는 말을 누군가 내게 말해준 적이 있다. 팔을 움츠리고 있다면 몸이 베일 걱정은 없겠지만 어떠한 좋은 일이 일어날 기회도 없을 것이다.

트라우마는 꼭대기에 얼어 있고 거기에 머문다면 죽는다는 말이 있다. 어떤 때는 정신적일 것이고, 어떤 때는 물리적일 것이며, 어떤 때는 모두 다 해당될 것이다. 만약 당신이 나눠야 할 메시지를 혼자서만 붙들고 있다면 개인적인 공포나 트라우마를 마주하지 않을 수는 있겠지만, 어떠한 긍정적인 일도 일어나지 않을 것이다.

우리가 괴로워하며 과거에 얽매일 때마다 현재의 우리를 상실하며, 미래의 우리도 분명히 앗아간다. 우리는 지난날들의 부정적인 측면을 안고 머무를 수도 있고, 그것을 우리의 창의성과 삶의 연료로 사용해서 전진할 수도 있다. 극심한 정신 질환 정도를 제외한다면 대부분의 경우, 궁극적으로 우리는 좋은 것과 나쁜 것 중 어디에 집중할 것인지를 선택해야 한다.

물론, 당신의 분노를 품고 살 수도 있다. 하지만 그런 고통은 당신을 무너뜨릴 뿐이다. 나는 매일 같이 올바른 선택을 해야 했다. 나를 무너뜨리는 게 아닌, 그 에너지의 방향을 바꿔서 노래와 편곡, 음반, 영화에 담았다. 이건 마치 쓰레기를 재활용해서 용지를 만드는 행위와도 유사하다. 쉬운 일은 아니다. 하지만 가능하다.

비록 50대를 훌쩍 넘고 나서야 나는 내가 과거를 무겁게 짊어지고 있다는 것을 알게 되었지만, 그때라도 알 수 있어서 기뻤다. 늦었다는 건 없다. 마침내 내가 나에 관한 생각을 멈추고 어머니에 관해 생각하게 됐을 때, 나는 어머니가 과거와 병원에서 경험했을 수많은 괴로운 일들을 생각했다. 비록 치매를 통해 표현하기는 했지만 그녀가 우리를 얼마나 깊이 사랑했는지도 생각했다. 이런 생각을 아주 늦은 나이에 하긴 했지만 결국에는 목적지에 도달했다. 중요한 건 그것이다. 인생은 우리가 예상하지 못했던 쪽으로 방향을 틀고, 우리가 미처 준비하지 못했던 고통스러운 상황에 처하게 하곤 한다. 우리에겐 각자 다른 커브볼이 날아든다. 하지만 어떤 사람은 다른 이보다 더 세게 공을 쳐 낼 것이다. 제대로 된 태도를 가지고 대적한다면 당신을 망가뜨리려고 했던 무언가는 당신을 더 강하게 만들어줄 것이라고 믿는다.

당신은 화날 수도 있다. 지금은 다른 시대고, 당신이 그렇게 느낄 적합한 이유가 있을지도 모른다. 하지만 우리가 분노를 억누르는 대신에, 분노를 사용하여 더 공동체적인 사랑의 감각을 발휘하며 부족한 부분을 보완하는 세상을 상상해 보라. 이 책을 계속해서 읽고 창작하는 데 용기를 얻기를 바란다. 당신만을 위해서가 아니라, 다른 사람을 위해서이기도 하다. 고통이나 기쁨, 당신이 무엇으로부터 창작하든, 우리는

당신이 필요하고, 당신의 재능과 능력이 필요하다. 나의 경험
으로 말한다. 88년이 넘는 세월 동안의 경험 말이다.

Note

볼 수 있다면 이룰 수 있다

나는, 살면서 인간의 성장이란 '정신의 오염'으로부터 '정신의 해결'로 가는 여정이라는 걸 깨달았다. 다른 말로 하자면 당신이 처한 어떠한 상황이든 간에 오염물을 채로 걸러서, 미래를 실질적으로 만들기 전에 오염되는 것을 막는 것이다. 과거의 트라우마가 되었건 집안 문제가 되었건, 이런 어려움을 정신적으로 극복하는 건 개인의 발전에 중요한 첫걸음이 될 때가 많다.

하지만, 이러한 유형의 어려움을 수도 없이 겪었던 입장에서 이야기하자면 이걸 실천한다는 건 생각보다 어려운 일이다. 내 생각에, 삶에 변화를 일으킬 만한 문제들을 직면한 젊은 사람들은 자신들이 해결할 수 없다고 단정해버리거나 폭력이 유일한 해결책이라고 믿는 경우가 매우 많다. 불우한 환경에서 태어난 이들이라든지 적절한 지원을 받지 못한 사람들에게 그런 상황은 그들 삶의 전체에 걸쳐 영향을 미친다. 젊은이들에게는 자신들이 가진 최대의 잠재력을 펼칠 수 있는 자유가 있어야 한다. 하지만 안타깝게도 사회가 조성한 환경은 늘 모두에게 동등한 미래를 보장하진 않는다. 기회가 적게 제공되는 지역의 폭력, 약물 중독, 높은 범죄율의 악순환은 끝없는 절망감을 고착화한다. 기회를 제공받지 못하는 아이들은 대개 자연재해가 아닌 인재의 피해자다.

"보고 배운다"라는 말이 있다. 하지만 만약 미래의 모습을 그려볼 수 있는 실재하는 모델이 존재하지 않다거나 그러한 미래를 실현할 수 있는 실행 가능한 방법이 부재하다면 현재의 위치에서 더 나아갈 수 없다고 생각하기 쉽다. 나도 그랬다. 이건 진실이다. 시카고의 사우스 사이드—대공황 시기 미국 최대 흑인 빈민가였다—에서 자란 환경은 어떠한 꿈이나 야망을 키우기는커녕 안전한 청소년기를 보낼 수조차 없었다. 어린아이의 정신을 일깨워줄 지역 프로그램 같은 것 따윈 없었고, 영감을 줄 만한 매체를 접할 기회도 대단히 제한적이었다. 더구나 인터넷이 등장하기 전이었으니 더욱 그랬다. 『See Jane Run』이라든지, 『See Spot』 같은 책들이 있긴 했지만, 흑인사에 관한 긍정적인 책이나 우리의 정체성에 대한 이해를 도울 무언가는 없었다.

그럼에도 내가 이러한 상황을 극복할 수 있었던 건 희망이라는 것에 대한 노출이 늘어나고, 이를 쟁취하려는 끊임없는 갈망이 있었기 때문이다. 혹자는 '기회'라는 말로 대신할지도 모른다. 하지만 희망을 품지 않는다면 불리한 위치에 있는 개인들에게 기회라는 것은 자신들이 얼마나 자격이 불충분한지를 자각하게 하는 것 그 이상도 이하도 아니다.

희망이 없는 곳 한가운데서 내가 희망의 조각들을 찾은 것에는 긴 설명이 필요하다. 하지만 내 사랑하는 형제 루이 암스트롱Louis Armstrong은 언제나 이렇게 말했다. "연주해, 말로 하지 말고." 자, 이제 내가 "볼 수 있다면 이룰 수 있다"라는 격언의 진정한 가치를 알기 시작한 1943년으로 여행을 떠나보자.

나의 동생 로이드와 내가 어린아이였을 시절, 나의 아버지는 존스 보이스The Jones Boys의 목수로 일하고 있었다. 존스 보이스는 넘버스 게임numbers game 혹은 폴리시 래킷policy racket(현재는 복권으로 불리는 불법 도박)을 운영하는, 시카고에서 악명 높은 흑인 갱단이었다. 이 사람들은 그 지역의 왕이었고, 아버지의 집에서도 지냈다. 우리에게는 이런 분위기로부터 보호해줄 어머니가 없었기 때문에 그들의 거친 삶의 방식에 크게 노출되며 지냈다.

그것이 로이드와 내가 배운 것의 전부였다. 갱 두목이 되거나 그런 비슷한 인간이 되는 미래를 피할 수 없어 보였고, 그게 나의 선택지에 있는 게 분명했다. 아버지는 우리를 사랑했고, 존스 보이스가 작업하는 것을 가까이에서 보지 않게 하려 노력했지만, 나는 그들처럼 되고 싶었을 뿐이었다. 혼돈으로 가득한 이 지역을 통제할 수 있다는 걸 그들이 보여줬기 때문이다.

성장기 아이의 정신에 상처를 입히는, 시체를 보거나 죽음으로 향하는 싸움에 휘말리는 상황들은 내게 사실상 일상이었다. 상처에 관해 말하자면 나는 길을 건널 때 필요한 암호를 알지 못했다는 이유 때문에 잭나이프에 손이 찍히고 왼쪽 관자놀이에 얼음송곳이 박힌 적이 있었다.

상황이 이렇다 보니 조그마한 통제력이라도 갖고 싶었고 그것을 얻을 수 있는 유일한 방법은 갱단에 들어가서 '보호'를 받는 것뿐이었다. 내가 생존을 위해 싸웠다고 말할 땐, 정말 문자 그대로 싸움이었다. 폭력의 장막 뒤에서 본 그 힘은 내가 원했던 것일 뿐만 아니라, 살아남기 위해 필요하다고 느꼈던 것이기도 했다. 문제를 일으키는 것 외에는 할 수 있는 게 별로 없었다. 그래서 그렇게 했다. 그건 일반적인 선택일 뿐이 아니라, 예정된 것이었다.

자신의 영역을 침범했다는 이유로 알 카포네Al Capone가 존스 보이스를 우리 동네에서 쓸어버렸던 1943년, 우리 아버지 역시 나와 로이드의 안전을 위해 동네를 떠났다. 트레인웨이스 버스를 타고 우리는 워싱턴주 브레머튼의 싱클레어 하이츠에 도착했다. 새로운 동네에 도착했다고는 했지만, 로이드와 나는 여전히 꼬맹이 조폭이 되려 노력하고 있었다. 존스보이스와 다른 갱스터들이 시카고를 운영했던 것처럼, 우리도 우리만의 영역을 가질 거라 생각했다.

폭력적인 새어머니 엘베라Elvera를 만나며 상황은 더욱 복잡해졌다. 우리에게 그녀는 절대 어머니가 아니었다. 우린 속으로 모두 두려워하고 있었지만, 외적으로는 우리의 앞길을 막는 모든 것을 밀고 나가며 통제력을 갖춘 척했다. 고향에서 봤던 조폭들이 하는 행동을 흉내 냈고, 우리가 원하는 건 어떤 수단을 동원해서든 획득해야 한다는 정신력으로 무장했다. 부숴서 들어가고, 훔쳐서 달아났다. 눈을 떠서 잠들 때까지 그것이 우리의 일상이었다. 학교를 벗어나면 놀이터나 공원처럼 우리를 안전하게 붙들어둘 장소도 없었다. 우리 앞에 펼쳐진 것은 수많은 사고가 일어날 수 있는 우거진 수풀과 황무지뿐이었다.

신문 배달부 일자리를 얻어 우리 집 옆 육군 기지로 신문을 배달하기 시작한 나는 몰래 부대 쓰레기장에 숨어 들어가서 빈 신문 배달 가방에 탄띠 벨트와 해군 군복, 아직 사용 가능한 포탄 등을 가득 채워 오곤 했다. 이건 일상적인 행동이었다. 나와 로이드 그리고 새로운 의붓형제자매들(엘베라의 아이들)은 주는 옷만을 입지 않고—인종이 구분되어 있던 해군 기지의—멋진 흑인 해군을 흉내 낼 수 있었기 때문이다.

내 군장비 도둑질은 금세 탄로났고, 나는 범죄 기술을 다른 데 써먹어야 했다. 조금 더 정확하게 말하자면 나는 지역 레크리에이션 센터의 디저트를 훔치기로 했다. 로이드와 나의 의붓형제 웨이먼드Waymond는 그곳의 냉장고에 레몬 머랭 파이와 아이스크림이 있다는 사실을 듣고 침입했다. 우리는 모든 음식을 먹어치우거나 서로에게 던지며 놀았고, 이후에는 그 건물을 탐색하기 위해 흩어졌다. 한 사무실을 들여다보고 문을 닫으려고 할 때 구석에 있는 작은 피아노가 보였다. 마치 마음속 깊은 곳에서 누군가가 내게 "그곳에 들어가!"라고 명령한 것 같이 도저히 참을 수 없는 호기심이 들었다.

나는 천천히 피아노에 다가갔고, 손가락으로 건반을 눌렀다. 진심으로 하는 말인데 내 체내 모든 세포가 "너는 평생 이걸 하게 될 거야!"라고 외치는 듯했다. 그때의 감정이 어떤 것이었는지를 정확히 이해할 수는 없었지만, 피아노에서 나는 소리의 무언가가 나에게 안정감을 주었다. 나는 피아노의 원리나 연주법을 알지 못했지만, 건반을 하나씩 누를 때마다 이 소리가 어떻게 만들어지는지를 이해하고자 하는 나의 갈망은 더욱 커졌다. 곧 나의 형제들을 만났고, 우리는 아무런 문제없이 그 건물에서 탈출했다. 하지만 나는 또 다른 무언가에 흠뻑 빠져 있었고, 넋이 나가 있었다. 그 기분을 떨쳐버리려 부단히 노력했지만 그럴 수 없었고, 나는 그 피아노로 돌아가야만 했다.

나는 매일매일 그 음에서 나는 소리를 그리워했고, 결국 영업을 마친 레크리에이션 센터의 창문을 타고 들어가 피아노를 연주하려 했다. 나이가 많았던 건물 관리자 에어스Ayres 여사님께 발각되었기 전까진 나는 성공적으로 몇 차례 침입할 수 있었다. 그녀는 나를 위해 건물의 문을 잠그지 않기 시작했다. 마침내 피아노를 접할 새로운 경로를 확보한 나는 시카고에 살던 시절 오래된 침례교회에서 들었던 연주를 피아노로 흉내 내보려고 했다(내가 연주를 듣고 따라서 칠 수 있다는 건 몰랐다). 내가 기억하는 모든 곡을 다 연주한 뒤에 나는 내 마음속에 있는 기분에 따라 연주하기 시작했다(이것이 전문용어로 즉흥연주라는 것을 나중에 알게 됐다). 음악은 내 가슴에서 그대로 흘러나왔다. 이때까지 느껴본 적이 없는 새로운 무언가였다. 말로는 설명할 수 없지만, 그건 마치 음악이 내게 나의 영혼 가장 밑바닥에 닿을 수 있는 능력을 준 것만 같았다. 완화하고, 위로하고, 치유하는 무언가. 길거리에서 벌린 행동들에서 발생한 아드레날린 분출도 이에 근접할 수 없었다.

나는 그대로 빠져버렸다. 매일 밤, 피아노는 나를 현실부터 도피시키는 역할을 맡았고, 나는 음악이 들리는 곳이라면 어디든 찾아갔다. 어느 한 오후에 나는 싱클레어 하이츠의 현지 이발사 에디 루이스Eddie Lewis의 집을 지나쳐 돌아다니다가 그가 한 손에 트럼펫을 들고 집 앞으로 나오는 것을 목격했다. 그가 트럼펫을 불기 시작하자 나는 그대로 매혹되어 얼어

붙었다. 그가 다시 집으로 들어갔을 때 나는 주저없이 그에게 달려가 어떻게 연주한 건지를 물었다. 겨우 세 개의 밸브만으로 그 많은 음을 낼 수 있다는 사실은 정말 믿기 어려웠다. 그리고 바로 그 순간, 나는 트럼펫을 불겠다고 결심했다. 하지만 내 아버지가 그걸 사줄 여력이 안 된다는 걸 알았기에 트럼펫을 갖는 건 불가능한 일이란 걸 알았다. 발품을 판 결과, 내가 다니던 중학교에서 수업 전후로 악기를 빌릴 수 있다는 정보를 얻을 수 있었다. 안타깝게도 학교에는 트럼펫이 없었고, 나는 잠시 동안 바이올린과 클라리넷을 빌려다가 다뤄보기 시작했다. 기초를 다진 후에 나는 타악기와 수자폰, B플랫 바리톤 호른, E플랫 알토 펙 호른, 프렌치호른, 튜바, 트롬본 연주로 뛰어들었다. 음악을 연주할 수 있는 것이라면 뭐든지 연주하고 싶었다.

어느 한 오후, C조 색소폰을 연주하던 주니어 그리핀Junior Griffin이라는 녀석이 자신의 악기를 들고 레크리에이션 홀의 중앙에 등장했고, 우리는 잼 연주를 했다. 그는 색소폰을 연주했고, 나는 피아노를 연주했다. 종종 레크리에이션 센터에서 연주한 해군 스윙 밴드를 이끌었던, 현지의 음악 교사 조세프 파우Joseph Powe는 음악에 대한 나의 관심을 알아보았고, 아카펠라 그룹 챌린저스The Challengers에 합류할 수 있도록 초대해주었다. 파우 씨는 유명한 흑인 가스펠 성가대인 윙스 오버 조던Wings Over Jordan의 전임 지휘자이기도 했다. 나는 그 그룹에 바로 합류했다. 우리 그룹은 브레머튼의 길거리에서 노래하며 팁을 벌었다. 세실 B. 무어 극장Cecil B. Moore Theater에서 소규모 공연을 하기도 했는데, 그건 우리의 첫 연주이기도 했다. 「Dry Bones」와 「The Old Ark's a-Moverin」 같은 가스펠 곡들을 노래했다. 지금 말하건대 나는 훌륭한 가수는 아니었다. 하지만 그것 때문에 음악에 대한 꿈을 포기하진 않았다.

파우 씨의 집에서 리허설을 하면서 나는 그의 집에 널브러져 있던, 글렌 밀러Glenn Miller의 편곡법부터 프랭크 스키너Frank Skinner의 영화음악 작곡까지, 다양한 책들을 발견했다. 나는 그런 직업에 대해 들어본 적이 없었다. 하지만 그 책들은 내게 음악으로 할 수 있는 것들에 대해 눈뜨게 해주었다.

나는 음악으로 할 수 있는 것에 대한 게걸스러운 식탐이 있었다. 선생님이 그의 아이들을 하루 동안 봐줄 수 있겠냐는 말을 했을 때 나는 책을 더 많이 읽을 수 있을 것이라 생각해서, 즉각적으로 "그럼요"라고 말했다. 아이들을 돌보면서 나는 책꽂이에 꽂힌 수많은 책들 사이에 파묻혔다. 높은음자리표가 무엇인지, 왜 B플랫 트럼펫이 콘서트 노트보다 온음 위에서 연주해야 하는지 등을 알아내려고 노력했다. 최고의 베이비시터는 아니었을지 모르지만 음악의 새로운 세계를 찾아가는 여정은 내게 실재하는 현실을 넘어서는 시야를 갖게 해주었다.

제2차 세계대전이 끝나자 싱클레어 하이츠에서 흑인은 더 이상 환영받지 못했다. 왜냐하면 그곳은 원래 임시 주거지로 건설되었던 탓이었다. 이즈음 아버지가 일하던 해군 조선소의 목공소 일거리도 고갈되어 버렸다. 아버지의 잔고가 바닥나자 우리는 시애틀 중심지의 22번 애비뉴 410번지에 있는 조그마한 집으로 이사해야 했다. 웨이먼드, 로이드와 나는 다락에서 지냈고, 나머지 형제와 아버지, 새어머니 엘베라는 두 층 아래의 침실들에 모여서 잤다.

알고 보니 시애틀은 대단한 음악 중심지였고, 나는 그 모든 걸 흡수하고 싶었다. 밖에 음악이 있다면 나는 늘 거기에 있었다. 잭슨 1번가에서 14번가까지, 그리고 매디슨 21번가에서 23번가까지 들리는 모든 음악 스타일을 연주했다. 비밥, 블루스, 알앤비, 팝 등 생각할 수 있는 모든 종류의 음악을 말하는 것이다. 브레머튼 시내에 있는 로버트 E. 쿤츠 중학교를 졸업한 나는 더 많은 발전을 이루기 위해 우리 집 건너편에 있는 진보적인 학교 제임스 A. 가필드 고등학교에 진학했다.

거기에서 모든 것이 시작됐다. 고등학교의 파커 쿡Parker Cook 음악 선생님은 트럼펫에 대한 나의 엄청난 관심을 감지했고, 밴드 연습실을 자유롭게 이용할 수 있도록 해주었다. 마치 나는 이 하나의 악기에 손을 대기 위해 온 일생을 기다려온 것 같았고, 트럼펫이 다소 낡은 상태였음에도 전혀 신경 쓰이지 않았다. 내 눈에 그 악기는 금빛으로 빛나고 있었다.

나는 이발사 에디 루이스가 연주했던 모습을 떠올리며 악기를 집어 들고 불었고, 거기서 나는 소리를 들으며 그대로 멍하니 앉아 있었다. 나는 연주에 필요한 연주법을 배우지 않은 상태였기 때문에 다소 어두운 소음이었고, 비브라토 없는 평범한 소리였다. 하지만 기교가 부족했음에도 불구하고, 트럼펫에 대한 나의 호기심을 자극하는 소리에 무의식적으로 끌렸다. 그리고 가장 중요했던 건, 쿡 선생님은 내게 어떻게 성장할 수 있는지를 끊임없이 상상할 수 있게 해주었다. 그건 내가 상상할 수 있는 최대치였던 공동주택가의 꼬맹이 갱스터의 모습을 뛰어넘는 것이었다.

추웠던 어느 밤, 나는 다락방에 올라가 간이침대를 펼쳐 던지곤 나와 형제들이 '꿈의 창'이라고 불렀던 창문 밖을 살폈다. 사실, 창밖에는 블랙베리 덤불과 쓰레기 더미만이 보일 뿐이었으니, 거기에는 많은 상상력이 필요했다. 힘들었지만 추위를 떨쳐내려는 의지로 밖을 내다봤을 때 내 눈에 들어온 것은 우리 집 아래에서 마당으로 도망쳐 나가는 쥐들뿐이었고, 그건 내가 간절히 원했던 것이었다.

나는 몸을 획 돌려 필기구를 하나 손에 쥐어 종이에 간이 오선지를 그리기 시작했다. 책을 통해서 배운 아주 기본적인 작곡법을 바탕으로 나는 멀리 떨어진 세상으로 날아가는 것에 대한 나의 꿈을 담은 곡을 써 내려가기 시작했다. 그날 밤, 나는 파우 씨의 책과 쿡 선생님의 음악실에서 배운 모든 것을 동원해서 곡을 썼고, 가필드 고등학교의 연습실이든 영업 종료 후의 워싱턴사회교육클럽이든, 피아노를 발견하면 언제든 연주할 수 있도록 내가 가는 곳 어디에든 그 악보를 챙겨갔다. 나의 멘토들이 내게 선사한 희망과 함께 내가 작곡한 이 곡 「From the Four Winds」는 이러한 현실에서 탈출하게 해줄 희망이었다.

나의 생활이라든지 악몽, 여전히 나를 N으로 시작하는 단어●로 부르는 분노한 사람들를 통제할 힘은 없었다. 내 앞에 펼쳐질 미래에도 내가 손쓸 방도는 없었다(아니면 그렇게 생각했던 것 같다). 내 곁에는 곡을 어떤 템포로 시작을 해야 하는지, 혹은 얼마나 많은 대리 화음 진행을 사용할 수 있는지 알려주는 사람도 없었다.

하지만 작곡과 트럼펫 연주에 깊이 들어갈수록 내가 한 인간으로서 그리고 음악적으로 무엇을 가능하게 할 수 있는지가 조금씩 더 선명해지기 시작했다. 「From the Four Winds」라는 곡은 내 작품 활동 전체에서 보면 가장 덜 알려진 곡에 속하지만 개인적으로 가장 중요한 곡이라고 할 수 있는데, 이 곡은 내게 작곡가로서 가질 수 있는 자신감을 최초로 선사한 곡이었기 때문이다.

내가 태어나면서부터 마주한 현실에서 헤쳐 나갈 시야를 가질 수 있었던 건 내 앞에 희망이 보이는 길이 나타났기 때

● 니거(nigger): 흑인을 검둥이라 부르는 멸칭:

문이라는 걸 명심하길 바란다. 내게 나타난 건 창의성의 형태였지만, 창의성이 있다는 건 단순히 캔버스에 그림을 그리기 위해 어떤 기법의 붓질을 사용한다거나, 곡에서 어떤 키 체인지를 사용한다는 식의 이야기가 아니다. 그보다 나는 생존 역시도 창의적인 행동의 하나라고 믿는다. 영감을 유지하기 위한 새로운 방법을 찾아 나서는 것, 그리고 본인으로 시작해 결국에는 남에게도 더 나은 미래로 이끄는 길을 개척하는 것에 관한 것이다.

나의 삶을 더 밝은 쪽으로 나아가게 할 수 있다는 생각이 점차 커졌고, 이는 내가 매달리고 싸울 수 있게 하는 데 충분한 동기가 됐다. 무의식적으로, 희망에 대한 느낌은 조금씩 머리와 몸, 마음 같은 다른 곳까지 퍼져나가기 시작했고, 예상치 못한 양의 잠재력을 위한 공간을 마련했다.

솔직하게 말하자면, 내가 음악에 빠지기 전에 나의 학업 성적은 처참했다. 내가 발견한 열정은 그저 버티기 위해 존재하는 것이 아니라, 내가 발전할 수 있도록 봉인되어 있던 숨은 능력을 개방해준 것 같았다. 나의 생각은 더 이상 목적 없는 행동들로 소비되는 것이 아니라 헌신적인 호기심으로 가득 찼다. 이건 마치 누군가 내 안에 불을 붙인 것 같았고, 마침내 나는 그림자 속에 숨어 있던 것이 무엇인지 볼 수 있었다.

그 시기의 삶을 되돌아보며, 음악을 만났고 결국에는 '빈민가로부터의 탈출'했다고 단순하게 말하는 건 소홀한 설명일 것이다. 그사이에 많은 과정이 있었다. 에어스 여사님이 레크리에이션 센터의 문을 열어줬고, 파우 선생님이 책을 볼 수 있게 해줬으며, 에디 루이스와 그의 트럼펫을 보게 됐고, 가필드 고등학교 밴드 연습실에서는 쿡 선생님을 만났다.

이런 모든 상황의 조합은 내 주변의 오염을 걸러주는 필터와 같은 역할을 했고, 내가 경험할 수 있을 거라곤 생각조차 할 수 없었던 맑은 세상으로 데려가 주었다. 이 점을 감안하면, 실질적인 희망을 품어보지 못한 탓에 잠재력이나 능력을 발견하지 못한 사람이 얼마나 많을지는 상상만 해볼 뿐이다.

피아노를 접한 건 건물 불법 침입의 결과이기는 했지만, 나의 인생을 살렸기 때문에 결과적으로는 감사하게 생각하고 있다. 돌이켜보면, 내가 밴드 연습실이 아닌 갱단에서 소속감을 갈구하면서 어린 시절을 보냈다면 나는 이미 오래전에 세상을 등졌을 거라고 확신한다. 이런 시절은 대단히 예민한 시기이고 중요한 자산이 될 수도 있지만, 본인에게 도움이 되지 않는 방식을 취한다면 성장기를 망칠 수도 있다. 경제적으로 어려움을 겪고 있는 사람들에게만 적용되는 게 아니라는 말을 들어주길 바란다. 이건 이 세상 모두에게 해당하는 이야기다. 물질적으로 당신은 많은 걸 취할 수 있겠지만 만약 잘못된 무리에 들어가거나 옳은 것을 수용하지 못한다면 당신이 지닌 잠재력을 스스로 저해하는 일이 될 것이다. 그리고 나처럼 태양 주위를 몇 번 더 여행한 분들에게 한 말씀 드리자면,

나이도 이 규칙에서 예외일 수 없다. 당신이 자신의 길에 좀 더 안주할 수는 있겠지만, 당신의 앞을 가로막는 모든 사적인 트라우마는 이미 사라진 상태일 거라고 생각한다(혹은 곧 사라질 것이다). 만약 현재의 모습이 당신이 예상했던 것과 다르다면, 당신의 과거를 반추하고 그것이 현재에 어떤 영향을 끼쳤는지를 이해하기를 권한다.

인생은 아름다운 책임감을 갖게 하지만 한편으로는 아름다운 부담감을 안겨준다. 당신에게 주어진 시간 동안 그것을 책임져야 하는 건 바로 당신이다. 희망을 찾아 나선 편이든, 그 희망을 선사할 수 있는 입장이든, 당신이 생각하는 것보다 당신은 훨씬 더 용기 있고, 현명한 사람이며, 당신이 상상한 것 이상으로 사랑을 받고 있는 사람이라는 점을 지금 분명하게 이야기한다.

복잡했던 것만큼이나 나의 여정, 그리고 나를 뒤덮고 있던 먼지 더미에서 빠져나올 수 있게 해준 다양한 사건들에 감사함을 느낀다. 그 피아노를 발견한 데에 감사하다. 파우 씨와 에어스 여사, 쿡 선생님, 어린 시절 내게 영향을 끼쳐 나의 미래를 만들어준 이들 모두에게 감사하다. 내 안의 불꽃은 여전히 불타고 있고, 이건 내가 오염된 환경에서도 앞을 볼 수 있는 이유이기도 하다.

희망은 다양한 모습으로 나타난다. 하지만 그건 늘 세밀하다. 그건 정상에서 시작하는 것이 아닌, 당신이 얼마나 높이

올라갔는지에 대한 인식, 그리고 '절대로' 포기하지 않음에
관한 것이다. 내가 절대로라고 하면 문자 그대로다. 정상에
도달했다는 말을 믿지 않는다. 만약 정상에 섰다면, 당신의
꿈은 그리 크지 않았던 것이다.

볼 수 있다면 이룰 수 있다.

**We need you,
your gifts,
and your talents.**

당신이 필요하고, 당신의 재능과 능력이 필요하다.

Note

도전해야 알 수 있다

방금 논의한 바와 같이, 당신 삶의 직접적인 영역에서 당신이 이용할 수 있는 것보다 더 많은 것에 노출되는 것은 성장 방정식의 중요한 변수다. 간단히 말해서, '알아야 한다'는 것이다. 편안함의 먹이가 되면 다양한 사람, 장소, 언어가 제공하는 삶의 충만함을 경험할 수 없기 때문에 익숙한 것에서 벗어나야 한다. 그러면 당신은 이 행성이 제공하는 아름다움을 더 많이 볼 수 있을 뿐만 아니라, 창조자로서 그것을 예술에 반영할 수도 있을 것이다.

자신의 문화를 나머지 사람들에게 강요하는 것을 방지할 수 있다는 차원에서 어떠한 다른 장소의 토착 문화에 깊이 들어가 보는 건 삶에서 대단히 중요하다. 우리는 우리에게 익숙한 것을 남에게 강요해왔지만, 이제는 자기중심적인 사고에서 벗어나서 '우리'와 '우리의'에 더 집중해야 할 때가 왔다. 이는 우리 인류의 공동체적 경험을 한층 더 의미 있게 만들뿐 아니라, 더 깊은 지식의 우물에서 물을 길어오듯 우리를 더욱 창의적인 개개인들로 만들어줄 것이다.

이를테면, 나의 창의력은 나의 경험에서 비롯되었기에, 바깥세상을 더 경험하지 못했다면 나는 제한된 시야만 가지고 창작을 했을 것이다. 1985년에 발매한 자선 싱글 「We Are the World」가 세상에서 가장 많이 팔린 싱글이 되었던 것을 기억하자. 빈곤과 기아, 갈등, 무수히 많은 질병을 포함해 세상에 돌아가는 문제들 속으로 나 자신이 진지하게 들어가지 않았다면 이런 프로젝트의 일원이 될 가능성은 절대 없었을 것이다. 자신이 살고 있는 도시의 반대편에 있는 누군가와조차 연결할 수 없으면서 어떻게 문화적 경계를 허무는 예술을 할 수 있다는 말인가?

내가 이를 이룰 수 있었던 가장 핵심적인 비결은, 알지 못하는 그곳에 가서 언어부터 음식과 음악까지, 그곳에 있는 문화 속으로 그대로 들어가는 것이었다.

삶이라 불리는 무지개에는 다양한 맛이 있고, 나는 당신이 그 모든 것을 음미하길 바란다. 나는 아주 어린 나이에 "해봐야 알 수 있다"라는 것의 교훈을 얻은 것에 감사함을 느낀다. 이런 배움을 얻기 위해서는 굳이 대학교에 가지 않아도 된다는 점이 가장 좋은 부분이다. 사실, 당신이 상상하는 것 이상으로 나는 많은 것을 현장에서 배웠다. 나는 늘 마음과 정신이 열린 채로 살았고, 자신의 나이 때문에 더는 모험을 할 수 없다고 생각하는 사람은 스스로를 대단히 불리한 지점으로 끌고 간다고 믿는다. 우리가 배움의 문을 닫는 순간 우리의 잠재력과 사람들 간의 관계의 문도 닫히고 만다. 1950년대 초로 함께 돌아가서 내가 하는 이야기가 무슨 말인지 살펴보도록 하자.

유색인종. 백인종.

이 간단한 두 단어는, 어떤 문으로 건물에 입장하는지부터 어느 화장실을 사용할 수 있는지 등 개인의 모든 행동을 지배하는 불행한 힘을 지니고 있다. 이 단어들은 당신이 환영받지 **못하는** 곳이 어딘지를 정확히 지시했다. 1930년대부터 1960년대까지 커가면서 나는 그것의 존재를 알았지만, 세상에, 1951년에 첫 미국 투어 연주를 다닐 때 이건 정말 강하게 나를 강타했다. 자작곡 「From the Four Winds」는 나의 우상이자 위대한 밴드리더였던 라이어널 햄프턴Lionel Hampton의 관심을 사로잡았고, 그는 자신의 빅 백드에 나를 초대했다.

우리는 맹렬히 연주했다. 오클라호마의 털사부터 캔자스의 위치토, 뉴멕시코의 앨버커키 등 미국 전역을 돌며 1년 동안 301회의 공연을 펼쳤다. 우리의 투어 버스에는 흑인 연주자들로만 가득했기 때문에, 중간에 식당에 멈추기 위해서는 백인 버스 기사가 필요했다. 버스 기사가 먼저 내려서 우리가 입장해도 괜찮은지를 살피거나, 우리를 대신해 음식을 사다 주곤 했다.

새벽 3시쯤에 텍사스주로 넘어갔던 일을 절대 잊지 못할 것이다. 지독하게 배가 고팠고, 먹을 걸 구하기 위해서 여섯 번이나 차를 세워야 했지만, 버스 기사는 매번 우리가 내리기엔 너무 위험하다고 말할 뿐이었다. 우리가 할 수 있는 건 없었고 우리는 곯은 배를 안고 계속해서 버스를 타고 갔다.

3시간을 더 가고 나서야 우리는 드디어 댈러스에 도착했다. 도시에 들어서서 교회 하나를 지나쳤는데, 첨탑의 꼭대기에는 기다랗게 줄이 내려와 있었고 흑인 남성의 모형이 걸려 있었다. 쉽게 말해 그것은 지나가는 사람들에게 "당신이 흑인이면 멈추지 말고 계속 갈 것. 여기에 들어올 생각은 하지도 말라"라고 하는 암시였다. 우리는 이번에도 그대로 이동할 수밖에 없었다.

숙박할 곳을 찾는 건 또 다른 문제였다. 미국 어디에서든 정말 불편하고 괴로운 과정이었다. 우리의 이름이 써진 현수막을 내걸어 수익을 올린 클럽에서 연주를 하고 나면, 우리는 '흑인 전용' 출구로 나가 텅 빈 '흑인 전용' 모텔방을 찾아 나섰다. 한 번은 버지니아주 뉴포트뉴스에 갔는데, '흑인 전용' 모텔들엔 빈방이 없었고, 결국 나와 나의 룸메이트 리틀 지미 스콧Little Jimmy Scott은 시체들로 가득한 장례식장에 들어가서 잠을 청했다.

우리가 그나마 약간의 안식이라도 얻을 수 있는 건 우리가 치틀린 서킷(인종분리정책 시대에 흑인 연예인들이 안심하고 안전하게 공연할 수 있었던, 흑인이 운영하는 극장이나 술집, 댄스홀, 나이트클럽 등의 공간)에서 연주하는 주간이었다. 뉴욕의 아폴로 극장, 필라델피아의 업타운 극장, 시카고의 리갈 극장, 볼티모어의 로열 극장, 워싱턴 DC의 하워드 극장이 그런 곳들이었고, 우리는 그곳 모두에서 연주했다. 우리는 그 해에 각 공연장에서 4번 정도씩을 연주했다.

아버지는 늘 이런 말씀을 하셨다.

"나의 가치에 당신의 평가는 티끌만큼도 관련이 없다."

우리는 한편으로 환영 받는 연예인이었지만, 무대 밖으로 발을 내디디고 색소폰과 트럼펫을 내려놓는 순간, 피부색 때문에 계급이 강등됐다. 나의 오랜 친구 레이 찰스Ray Charles(시애틀에서 처음 만났을 때 나는 14살이었고 그는 16살이었다)와 나는 인종차별을 겪을 때마다 이 구절을 서로에게 반복해서 말해주곤 했고, 우리가 인종차별을 극복할 수 있게 해준 유일한 사고방식이었다.

하지만 그 말의 강인함과 힘도 우리를 방탄 인간으로 만들어주지는 못했다. 우리가 어떻게 보려고 노력했든 간에 우리가 매일같이 감내해야 하는 문제들은 고통스러웠다. 내가 우러러봤던 선배 재즈 연주자들의 인권이 계속해서 유린되는 걸 보는 게 훨씬 더 힘겨웠다.

나는 3년 동안 햄프(라이어널 햄프턴의 별명)의 밴드에서 연주했다. 이 팀에 처음 합류했을 때 일부 연주자들은 이미 30년 넘게 함께해왔지만 여전히 이런 대우를 받고 있었다. 밤 마다 그런 처우 속에서 연주한 건 우리의 본능에 역행하는 일 이었을지 모르겠다. 물론 흑인들이 있는 집 안에서 머물 수 도 있었겠지만, 투어 연주는 우리가 자유를 표출하는 방식이 었기 때문에 우리는 그쪽을 택했다. 맞다. 눈앞에서 존엄성을 상실해야 했지만, 우리는 우리가 펼치는 음악이 우리의 가능 성을 제한하는 문화보다 훨씬 더 강한 힘을 가지고 있다는 걸 알았다.

가장 중요한 것은 우리가 항상 하나였다는 것이다. 우리는 하나의 단체로서 행동하면서 과도한 분노를 방지하는 방법 을 고안하곤 했다. 음악에 대한 열정이 더해진 유머와 재치로 고난을 극복할 힘을 얻었다. 예를 들어 우리에게는 농담이 하 나 있었는데, 누군가 "이곳엔 'N-단어'가 금지입니다"라고 하 면 우리는 웃으며 "잘됐네요, 우리도 그걸 먹지 않거든요"라 고 말하는 식이었다. 그들이 우리를 내쫓는 걸 막을 수는 없 지만, 우리의 사고방식은 스스로 결정할 수 있었다.

나라 전체가 이렇게 분리되었던 모습과는 대비되게도, 1951년의 투어와 재즈 커뮤니티 전반에는 여러 음악가의 아 름다운 동지애가 있었다. 18살 때 나는 막내 멤버였고, 나이가 많은 연주자들은 나를 옆에 두고 조언을 해주곤 했다. 카운트 베이시Count Basie부터 콜먼 호킨스Coleman Hawkins와 베니 카터Benny Carter까지 모든 연주자는 이런 식으로 말했다.

"젊은이, 잠깐 내 사무실에 와봐. 내가 너의 코트를 당기게 해줘.('이리 와봐. 내가 뭘 좀 가르쳐줄게'라는 의미의 슬랭)"

나는 그때 왜 신이 우리에게 두 개의 귀와 하나의 입을 주었는지를 깨달았다. 말하는 것의 배로 들어야 하기 때문이었다. 반대로 듣는 것의 배로 말하길 원했다면 두 개의 입을 만들어줘야 했을 테고 말이다! 그 나이엔 누군가 말을 하기 시작하면 입을 닫고 재빨리 배워야 한다는 걸 알아야 했다. 그건 아주 중요한 깨달음이었다. 현장의 법칙을 깨우치지 못한다면 버려지기 마련이다.

내가 접한 가장 중요한 조언 중 하나는 20살이었던 내게 전설적인 색소포니스트 벤 웹스터Ben Webster('브루트'라는 별명이 있었다)가 해준 말이었다. 1953년에 햄프와 함께 처음으로 유럽 투어를 가기 바로 직전이었다. 벤은 나를 자기 옆에 앉히더니 말했다.

"젊은이. 햄프와 함께 저 세상으로 나갈 때 말이야, 네가 가는 나라의 언어로 30개에서 40개 정도의 단어를 배우도록 해. 언어를 배우면 그들은 너에게 음식과 음악을 가져다줄 거야. 그러면 그들이 듣는 음악에 귀를 기울이고 그들이 먹는 음식을 함께 먹도록 해. 한 나라의 정신은 그 나라의 음악과 음식과 언어로 정의되기 때문이야. 네가 그걸 해봐야 알 수 있을 거야." 나는 그 조언을 마음속 깊이 새겼고, 실제로 써먹을 날 만을 기다렸다.

스위스에서 출발한 기차는 오후 8시쯤 파리의 오르세 무도 회장역에 도착했고, 우리 밴드는 환영받으며 내렸다. 뒤에는 에펠탑을 끌어안은 진홍빛 하늘의 숨 막히는 장관이 펼쳐져 있었다. 그건 20년 인생에서 본 가장 아름다운 광경 중 하나 였다. 파리는 멋진 도시였고, 재즈 음악가에겐 **꿈** 같은 곳이 었다. 제1차 세계대전 동안 미국의 흑인 군인들이 유럽에 재 즈를 전파해준 덕에, 우리는 양팔을 펼쳐 반겨주는 프랑스인 의 환대를 받을 수 있었다. 고향 미국에서 받던 대우와는 완 전히 달랐다. 프랑스에서의 시간은 정말 아름다웠다. 우리를 있는 그대로 받아주는 곳에서 내 우상들과 밴드 멤버로 연주 할 수 있었을 뿐 아니라, 투어를 한다는 건 마치 움직이는 음 대를 다니는 것과 같았기 때문이다.

프랑스에서 간 첫 번째 레스토랑에서 나는 언어를 배우라 는 벤의 지시를 따르기로 했고, 메뉴를 읽으려고 노력했다. 외국어로 가득한 메뉴판에서 내가 읽을 수 있는 건 "비프스 텍과 포타지beefstek and potages"뿐이었고, 나는 "뭐, 비프스테이 크와 감자가 별로일 수는 없지!"라고 생각했다. 알고 보니 그 음식은 일종의 포리지 수프(밀이나 귀리 등에 우유나 물을 부어 걸쭉하게 끓인 음식)였다. 나는 파리에서 계속해서 실수를 연발했다. 하지만 현지 언어를 쓰는 법을 배우는 건 설명하기 어려울 정도로 성취감 있는 경험이었다. 처음에는 불안했지만 조금씩 내가 내뱉는 말들이 의미가 통하기 시작했다. 단어 하나가 또 다른 단어로 이어졌다. 프랑스에서 스웨덴으로, 그리스로, 파키스탄으로 가면서 나는 현지인들처럼 대화하기로 마음을 먹었다.

느렸지만 확실히 성과는 있었다. 밴드와 함께 투어를 하면서 나는 이런 과정을 통해 다른 나라의 사람들이 소통하는 방식에 눈을 뜰 수 있었다. 벤의 말이 옳았다. 부족하지만 현지어를 사용하는 내게 현지인들은 음식을 대접했다. 마침내 메뉴에 있는 걸 읽을 수 있게 되자, 나는 내가 주문하고 싶은 걸 정확하게 전달할 수 있게 되었다.

빠에야와 셰퍼드파이, 페이조아다, 치킨 메르베야, 솔 뫼니에르 등 다양한 요리의 비할 데 없이 훌륭한 맛과 더불어, 요리사가 음식에 담은 예술성에 놀라움을 금할 수 없었다. 이 요리사들이 각 요리의 조화와 균형을 위해 어떤 향신료를 혼합해야 하는지 알고 있다는 사실은, 요리와 관련된 창의성에 대해 내 눈을 뜨게 해주었다. 이 음식들은 분명 집에서 먹던 생존 음식보다 한 단계 더 높은 수준이었다.

세상의 다양한 음식, 그리고 특정 문화권에선 너무나 당연했던 주재료를 사용하는 방법에 대해 배우면서 나는 음식과 음악이 불가분하게 연결되어 있다는 것을 깨달았다.

한번 생각해보라. 오케스트라에서 소리가 가장 크고 존재감 있는 악기가 무엇인가?

바로 피콜로다!

자, 이제 요리에 관해 생각해보자. 그 어떤 재료보다도 강렬한 맛을 지닌 것은 무엇인가?

바로 레몬이다!

식재료에 비교한다면 피콜로는 마치 레몬과 같다. 핫소스든 마늘이든 그 무엇이든 간에 얼마큼을 넣는지 상관없이 레몬은 그것들의 맛을 모두 누를 것이다. 교향악단에서 피콜로가 그러듯 말이다. 음악의 요소와 음식의 맛은 대단히 밀접하게 맞닿아 있는 것이었고, 이 깨달음은 내가 오케스트라 편곡가처럼 요리하고 요리사처럼 오케스트라를 편곡하게 했다. 더 깊이 파고 들수록, 그리고 다양한 맛과 소리를 조합하는 방법을 배울수록 나는 그것들을 가지고 놀 수 있게 되었다.

어떤 측면에선 나는 벤이 암호들을 가지고 있는 것처럼 느꼈다. 그리고 이런 일들은 나를 완전히 뒤흔들었다. 시카고의 빈민가 출신인 나는 내게 익숙한 것만을 알았다. 해외에서 새로운 언어와 음식, 음악을 접하면서 내 앞에는 완전히 새로운 세상이 펼쳐졌고, 내 삶도 더욱 활기차졌다.

나는 언어를 완벽하게 배울 필요도, 모든 음식을 먹어야 할 필요도, 모든 음악을 들어야 할 필요도 없었다. 각 문화가 다른 이유를 이해하고, 서로를 존중하는 마음을 열면 될 뿐이었다.

여행은 새롭게 보는 방식을 가르쳐주었다. 그리고 무엇보다도 내가 **다르게 보이도록** 도와주기도 했다. 우리가 프랑스에 갔을 때, 프랑스 사람들은 우리를 흑인 음악가들이 아닌 음악가 그 자체로 받아주었다. 그들은 우리를 배려해주었고, 우리의 음악을 사랑해주었으며, 사람으로서 아껴주었다. 프랑스인들이 아니었다면 우리에게 재즈란 없었을 것이다. 그들은 노예 시대에 콩고 스퀘어에서 재즈를 위해 싸웠고, 그 이후에는 유럽 전역에서 그랬다. 흑인 남성으로서 그리고 음악가로서 나는 처음으로 자유로움을 느꼈다. 중요한 건 어떤 외모를 하고 있는가가 아니라, 그냥 "연주할 수 있냐, 이 녀석아?"였다. 그들은 나에게 다름에 대한 진정한 사랑과 존중의 의미가 무엇인지 보여 주었다.

프랑스는 나의 삶에 가장 따뜻하고 가장 또렷하게 남는 기억을 선물했다. 어떤 측면에서 유럽은 내가 젊은 음악가로서 스스로 정의할 수 있도록, 그리고 이 세상에서 내 자리를 찾아갈 수 있도록 도와주었다. 나의 **얼굴색**에서 비롯된 모든 문제가 코앞에서 펼쳐졌던 미국을 떠날 수 있게 해주었고, 음악과 나의 투쟁을 분리할 수 없게 해주었다. 해외의 사람들이 즐거움뿐만 아니라 고통도 느끼는 것을 보며 나는 내가 아는 것 이상으로 지구 반대편에 있는 형제들이 나와 같은 감정을 공유한다는 사실을 깨달았다. 연주 여행은 문화적 차이를 경

험하는 축하연이 되었다. 그리고 이것은 나를 가두었던 인종
차별이라는 상자보다 더 큰 세상에 나의 마음과 정신을 열어
주었다.

문화의 경계를 허무는 자유로움을 유럽에서 처음 경험한
이후로 나는 이후의 여행에서도 그러한 것을 계속해서 탐구
하려는 목표를 세웠고, 단 한 번도 그걸 멈춘 적 없다. 현지인
의 언어와 음식, 음악을 통해 방문한 도시의 문화를 존중하라
는 벤의 교훈에 추가적으로 나는 과거와 현재, 미래에 대한
새로운 시각을 얻게 되었다. 유적지와 옛 전장을 거닐고, 현
지인들과 어울리며 과거의 사건들이 어떻게 현재의 모습을
만들었는지에 관한 그들의 이야기를 들으며 **느끼는** 것은 책
에서 역사를 배우는 것과는 완전히 다르다.

이 글을 쓰는 현시점에서, 미국에 문화부가 없다는 사실은
미국인으로서 정말 화가 난다. 역사와 문화가 서로 무관하다
는 해로운 사회적 시선이 투영된 것이다. 나는 문화가 그 무
관함에서 가장 멀리 **떨어져** 있다고 장담한다. 당신이 가고자
하는 곳에 도달하기 위해서는 당신이 출발한 곳에 대해 인지
해야 한다. 기초가 없이는 당신은 자신이 누구인지 알 수 없
을 것이며, 진실을 알지 못한 채로는 사실 그대로의 것을 만
들어낼 수 없다. 첨언하자면, 문화를 넘나드는 작업은 모든
현대 예술에서 이뤄지고 있다.

가령 내가 예술가들에게 브레이크댄스가 어디에서 유래했냐 물으면, 그들은 브롱스the Brox라고 대답한다. 오답이다! 브레이크댄스는 카포에라에서 유래했다. 춤으로도 분류되는 이 무예는, 앙골라에서 노예로 끌려온 앙골라와 브라질의 아프리카인들이 수천 년에 걸쳐 만들어낸 것이다. 2016년 리우 하계올림픽에서 안무를 맡았던 내 친구는 브롱스 출신의 브레이크댄서와 카포에라를 연마하는 브라질인 댄서들을 함께 무대에 올려 이러한 콘서트를 선보이기도 했다. 브레이크댄서가 선보이는 모든 스텝들이 이 예술에서 발전했다는 건 분명하다.

예술가들에게 랩이 어디에서 유래했냐고 물었을 때에도 그들은 분명한 대답을 내놓지 못한다. 랩은 임봉기Imbongi와 그리오Griot 같은 아프리카의 구전 역사가들로부터 유래했다. 우리의 음악부터 슬랭까지의 모든 건 우리 앞에서 후대를 위해 길을 터준 선조들에게서 왔다. 레스터 영Lester Young이 카운트 베이시를 '홈보이Homeboy'라고 부른 게 90년 전의 일이다. 두왑Doo-wop, 비밥Bebop, 힙합Hip-hop, 랩톱Laptop, 이 모든 것들은 같은 맥락에서 진화했다. 일반적으로 사람들은 우리가 왜 비밥, 두왑, 힙합까지 오게 되었는지를 묻지 않는데, 그건 아주 고통스러운 존재의 사회논리학적인 결과이기 때문이다. 우리의 음악은 동부에서 태어난 게 아닌, 노예제에서 태어났다. 이러한 사실은 우리가 예술을 바라보는 관점을 극적으로 바꿔줄 것이다.

나는 음악이 삶의 맥박이라고 믿는다. 음악은 피부색이나 출신지와 상관없이 다양한 유형의 사람을 대변할 수 있기 때문이다. 사실, 랩 스타일로 녹음된 최초의 시는 「만리장성 Kinesiska Muren」이라는 기록이 있다. 스웨덴의 작가이자 예술가, 작곡가, 가수였던 에버트 타우베Evert Taube가 1900년대 초 유럽에서 쓴 노래다. 그와 그의 아들 스벤 버틸 타웁Sven-Bertil Taube은 스톡홀름 출신의 포크송 작곡가들이었고 「만리장성」은 훗날 다그 바그Dag Vag에 의해 다시 노래되어 1981년 5월 빌보드 '히츠 오브 더 월드Hits of the World 차트'에서 10위에 오르게 된다.

무지함을 뱃지처럼 장착하며, 과거에 대해 몰라도 괜찮다고 생각하는 지경까지 이르도록 자신을 방치해서는 안 된다. 모르는 것은 절대 멋진 일이 될 수 없다. 나는 힙합 음악가들에게 늘 이 사실을 말한다. 자신들이 이 세상의 최초로 또는 유일하게 그 일을 하는 사람이라고 생각하는 세대를 창작자로 길러낼 수는 없는 일이다. 자신들의 역사를 모르거나 문화적 차이를 받아들일 줄 모르면 편견과 선입견만을 키울 뿐이다. 그리고 그것은 인종차별이 여전히 이어지고 있는 이유의 큰 부분을 차지한다.

그런 이유에서, 나는 래퍼들이 자신들의 음악에 'N-단어'를 사용하는 데 불편함을 느낀다. 구식처럼 들릴 수 있다는 걸 알지만, 나는 내가 그 시대를 살아왔기 때문에 이렇게 말하는 것이다. 만약 그들이 이 단어와 살아오며 깊은 상처를 느꼈다면, 자신들의 작품에 그렇게 무심하게 사용하진 않을 것이다. 나는 이 단어가 여러 방식으로 쓰이는 걸 들었는데, 예술가들은 마치 이 단어를 계속해서 사용하면 결국에는 아무런 의미가 없어질 거라고 생각하는 듯하다.

에리트리아에 어원을 두고 있는 이 단어는 한때 일종의 군주를 상징하는 단어로, 애정을 표현하는 말이었다. 하지만 이제는 어떻게 보더라도 가사에 이 단어를 무심하게 사용하기에는 너무 많은 주관성이 개입되어 있다. 그리고 다양한 배경의 사람들은 그 가사를 크게 따라 부를 것이다.

우리가 하는 모든 것은 우리 앞에서부터 이어져 온 역사의 확장이다. 그걸 인식하지 못한다면 우리는 과거로부터 이어져 온 모순을 반복하는 위험에 빠질 것이다. 거부하고 반복하는 것보단 반영해서 배우는 것이 훨씬 아름답다.

나의 여든다섯 번째 생일 때 퀸시 존스 프로덕션Quincy Jones Production, 이하 QJP 팀과 나는 유럽으로 가서 런던, 파리, 부다페스트, 스위스를 거치는 오케스트라 투어를 진행했다. 다양한 나이와 인종, 종교, 계급의 사람들이 매일 밤마다 공간을 채우는 모습을 보는 건 굉장했다. 내가 음악으로 세계를 누빈 지 어느덧 70년이 넘었고, 음악은 다양한 사람들을 뭉치게 할 수 있는 힘이 있다는 걸 거듭해서 봤다. 그 사실은 내가 이 글에 쓸 수 있는 어떤 말보다도 힘이 세다. 세계 어디에서든 나는 녹음 세션을 마치면, 같이 작업한 사람들과 늘 서로의 집에 가서 요리를 해주고, 새로운 음악을 듣고, 함께 웃고 떠든다. 이런 방식은 순수한 관계를 만들어주고, 창의성과 음악적 실험을 할 수 있는 분위기를 제공한다.

지금까지 난 벤 웹스터의 조언을 내가 가는 모든 곳에서 진지하게 받아들였고, 프랑스어와 스웨덴어, 세르보크로아티아어, 페르시아어, 이란어, 튀르키예어, 그리스어, 러시아어, 가타카나 등 27개 언어의 기초를 배울 수 있었다. 세계 어디를 가든 집 같은 편안함을 느낄 수 있고, 사람들을 있는 그대로 볼 수 있는 건 아주 아름다운 재능이다. 억양의 강세를 어디에 주느냐에 따라 다른 의미를 지닌다든지, 식재료 맛의 차이라든지, 세계 음악 사이에 차이가 있다든지, 그것들을 이해하고 즐기기 위해서는 당신의 마음과 정신을 열어야 한다.

그러므로 이번 장에서 단 하나만을 기억할 수 있다면, "해봐야 알 수 있다"는 내 말에 귀를 기울이길 바란다. **당신을 1만 번만큼 사랑한다!** Je t'aime dix mille fois!

**I don't believe
you ever reach
the top.**

정상에 도달했다는 말을 믿지 않는다.

Note

이정표를 그려라

다음 모험을 위한 준비가 되었다면, 이번 장에서는 내가 여행하며 얻은 가장 중요한 배움을 나눠보려고 한다. 그건 바로 자신의 위치를 확실히 하기 위한 이정표를 그리는 것이다. 자신의 기초를 제대로 다지지 못했다면, 최고의 음악가나 사업가, 연기자 등 목표로 삼은 것이 되기 위한 방법을 배우려고 하는 건 헛수고다. 투쟁과 절망의 첫 번째 교차점에 도달하면 무너질 게 분명하다. 자신이 누구인지 모른다면, 기껏해야 자신을 잃게 될 것이고, 최악의 경우에는 다른 사람들이 당신에 대해 결정하게 하게 될 것이다.

　나는 유명세에서 오는 흥분감에 도취되어 있는 음악가들이, 모든 것을 잃고 좌절하는 경우를 수도 없이 보았다. 그들이 그렇게 망가진 이유는, 자신이 누구인지에 대한 시각도, 애초에 왜 창작을 시작했는지에 대한 목표도 잃어버렸기 때문이다.

재능에는 책임감이 따른다. 외부의 압력에 어떻게 반응할 것인지를 스스로 대비하지 않은 이에게 자신의 재능을 멋대로 운용하는 건 큰 부담이 될 수 있다. 지금은 기술과 소셜 미디어의 발전으로 팔로워 수를 늘리기가 그 어느 때보다도 수월해졌고, 사회적으로도 종종 개개인을 전체로 보지 않고 그 사람의 표면에 보이는 것들에 압도적으로 많은 관심을 쏟는다. 그리고 일반적으로 존재하는 플랫폼들에 있어서도 모든 상황에 대해 더 면밀한 검열이 이뤄진다. 다시 말해 삶에서의 민망한 상황이나 실패일지라도 개인적인 수준에서 다뤄지는 게 아니라 대중들에게까지 확대되어 전달된다. 그리고 그것은 기초를 다지지 못한 사람을 무너뜨리기에 충분하다.

이것이 바로 이 세상의 방해에도 굴하지 않기 위해, 자신이 누구인지를 끊임없이 되뇌기 위한 이정표를 세워야 하는 이유다. 비록 아직까지 모든 상황에서 통용되는 방법을 찾진 못했지만, 개인적으로는 반복을 통한 긍정의 실천이 상당히 효과적인 것 같다. 정신적인 부분에 관해 설교할 마음은 없지만, 반복의 힘에 관해서는 다음과 같이 말해주고 싶다. 외부에 의해 당신이 어떤 사람인지에 정의되길 바라지 않는다면, 당신의 정체성을 인지시켜줄 수 있는 말과 행동으로 그러한 외부의 세력과 맞서야 한다. 자기 분야에서의 성공은, 스스로 다진 기초만큼 힘을 가진다.

내가 26살에 이 사실을 알았다면 좋았을 것이다. 18명으로 이루어진 밴드와 총 33명으로 이루어진 집단과 함께하며 공수표를 날리고 정체성 혼란을 겪었던 첫 유럽 투어를 했을 때 말이다. 당시에 나는 스스로 목숨을 끊을 생각까지 했다. 유럽의 어딘가에서 나는 내 정체성을 잃었기 때문이다. 내가 어쩌다 그렇게 되었는지, 그리고 더욱 중요하게 어떻게 거기에서 벗어났는지를 이해하려면, 그 시작점부터 이야기해야 한다.

프리 앤 이지, 1959년.

이 시기에 나는 고등학생 시절 애인이었던 제리 콜드웰Jeri Caldwell과 결혼해 아기 졸리Jolie도 있었다. 라이어널 햄프턴의 빅 밴드와 함께한 유럽 투어를 마치고 돌아온 후, 우리는 뉴욕으로 이주했다. 여러 밴드를 거쳐 왔던 나는 내 밴드를 결성할 의욕으로 가득했다. 무엇보다 당시에는 빅 밴드에 대한 수요가 늘어나고 있었다. 항공 여행 산업이 성장하고 있었고, 5년 후인 1964년 즈음이 되면 뉴욕과 피츠버그에서 연주하는 횟수만큼으로 잉글랜드나 독일에서도 공연을 할 수 있을 것이란 예측도 있었다. 모든 밴드에게 유럽은 중요한 목적지 중 하나가 되었고, 나로서는 내 꿈이었던 빅 밴드를 결성할 완벽한 시점처럼 느껴졌다.

나는 가능한 최고의 음악가를 모집하려 했다. 하지만 확정된 공연 하나 없이 한 달 동안 투어를 떠나자는 제안을 수락하는 사람을 찾긴 힘들었다. 몇 주 동안 기회를 염탐하던 중 컬럼비아 레코드사의 저명한 신인 발굴 담당자이자 총괄 담당자인 존 해먼드John Hammond와 연이 닿았다. 그는 내가 하려는 것을 이해할 거라고 생각했다. 나는 존에게 나의 구상을 이야기했고 그는 스탠리 체이스Stanley Chase라는 사람이 음악감독을 구하고 있다고 말했다. 스탠리는 해럴드 알렌Harold Arlen과 조니 머서Johnny Mercer의 뮤지컬 〈프리 앤 이지Free and Easy〉를 해럴드 니콜라스Harold Nicholas와 함께 유럽 무대에 올릴 예정이라고 했다. 나는 스탠리에게 연락했고 우리는 나의 계획과 그의 음악감독에 대한 필요에 관해 이야기했다. 우리는 밴드를 결성해서 투어를 하는 동시에 뮤지컬에서 역할을 함께 수행하는 데 합의했다.

계획은 이랬다. 유럽으로 뮤지컬을 가져가서 파리에서 몇 개월 동안 연습을 하고, 런던으로 투어를 가는 것이다. 거기에선 새미 데이비스 주니어Sammy Davis Jr.가 해럴드 니콜라스의 배역을 넘겨받는다. 모든 신scene을 완벽하게 발맞춘 뒤에 뉴욕으로 돌아와서 브로드웨이에서 공연하는 것이었다. 브로드웨이 뮤지컬의 음악감독이 되는 것은 어린 시절 이 직업에 대해 알게 된 순간부터 내 꿈이었고, 이런 일생일대의 기회를 절대 놓치지 않을 셈이었다.

내 밴드로 공연을 할 수 있다는 것이 확정되자, 나는 내가 같이 연주하길 꿈꾸었던 음악가들에게 전화를 걸어 함께하자고 이야기했다. 나는 그들에게 공연이 확정되어 있을 뿐 아니라 유럽에 가 있는 동안 그 외의 추가 공연도 보장하겠다고 말했다. 며칠 사이에 완전히 죽여주는 빅 밴드가 구성되었고, 지구에서 최강의 밴드가 시작될 참이었다.

1959년 10월, 〈다운비트〉는 〈프리 앤 이지〉를 언급하며 "이 뮤지컬은 최초로 가득하다. 퀸시 존스가 이 뮤지컬의 스코어를 작곡함으로써 이 작품은 브로드웨이 최초로 재즈 작곡가이자 편곡가가 작곡하는 작품이 될 것이다. 아마도 재즈 오케스트라를 무대의 피트에 넣는 첫 작품일 것이다. 또한 보스턴이나 하트퍼드, 브리지포트, 필라델피아가 아닌 유럽에서 예행 공연을 할 첫 번째 브로드웨이 뮤지컬이 될 것이다."

〈뉴욕 타임스〉는 이렇게 전했다. "수련에 대한 열정을 보인 존스 씨는 이렇게 말했다. '우리는 파장을 일으키거나 침몰해버릴 것입니다.'" 그리고 나는 기어코 파장을 일으키고 말았다.

해외로 나간 우리는 무적이었다. 두 달 동안 우리는 완벽하게 리허설을 했다. 헐거웠던 나사를 모두 조인 우리는 마침내 무대에 오를 준비가 됐다. 거의 70명에 달하는 배우와 스태프와 함께 우리는 브뤼셀에서 네덜란드까지, 그리고 알함브라 극장의 파리까지 투어를 떠났다.

불운하게도 우리는 알제리 전쟁이 절정에 이르렀을 시기에 공연을 해야 했다. 파리의 시내에는 기관총의 소음이 울려 퍼졌다. 경찰과 군인들은 쉴 틈 없이 길거리로 뛰쳐나왔고 〈헤럴드 트리뷴〉의 표지에는 "검은 피부를 지닌 사람은 오후 여섯 시 이후에는 밖에 나가지 말 것을 권유한다"는 안내가 실렸다. 참고로 우리 피부는 검은 정도가 아니었다. 비록 프랑스가 (특히 우리 재즈 음악가들에게는) 미국 인종차별의 피난처처럼 여겨졌음에도, 우리 같은 검은 피부의 사람들이 이 시기의 백인 프랑스인과 알제리계 프랑스인 사이의 전쟁에서 자유롭다는 의미는 아니었다.

극장으로 갈 때든 숙소로 갈 때든, 우리 중 많은 이들이 경찰관에게 불려가곤 했다. 나 역시도 친구(위대한 피아니스트 아트 시먼스Art Simmons)에게 차를 타고 가던 중에 경찰에게 잡힌 적이 있었고, 나는 그 밤을 영원히 잊지 못할 것이다. 차에서 내리자마자 오른쪽에서 총이 장전되는 소리가 들렸다. 고개를 돌려보니 경찰관이 내게 권총을 겨누고 있었고, 나는 반사적으로 두 손을 머리 위로 들었다. 이러한 환경 속에 있으니, 자연스레 파리의 도시 곳곳에는 공포가 스며들었고, 시민들은 집을 나서거나 장을 보러 가게에 가는 것도 두려워하기 시작했다. 극장으로 가는 건 말할 것도 없었다.

우리가 높은 수준의 작품들을 보여줄 틈도 없이, 적자가 나기 시작했다.

금전적인 피해를 확인한 후, 제작자는 단원들에게 파리에서 두 달만 더 버티면 된다고 말했다. 그렇게 하면 원래 계획대로 런던으로 갈 수 있을 것이고, 최종적으로는 새미 데이비스 주니어와 브로드웨이까지도 갈 수 있을 터였다. 우리는 온몸을 바쳐 알함브라 극장에서 6주 동안의 연주 일정을 지켰다. 그러나 14일이 남았던 어느 목요일, 제작자가 배우와 스태프를 모아 소식을 전했다. "토요일에 미국으로 돌아가는 비행기를 탈 예정입니다. 비행기에 탑승하지 못하면 이곳에 갇히게 될 겁니다."

그의 말을 믿을 수 없었다. 나는 드림 빅 밴드를 꾸렸고, 이때까지 없었던 최고의 투어 공연을 펼치기 위해 이들을 파리까지 데려온 터였다. 무엇보다 이 밴드는 지난 넉 달 동안 함께 연주하며 최고의 합을 찾은 상황이었다. 주요 평론가들은 최고의 빅 밴드 리스트에 듀크 엘링턴Duke Ellington과 카운트 베이시에 이어 내 밴드를 세 번째로 꼽았다. 이 두 명의 재즈 왕은 오랫동안 이 판을 지배해온 이들이자 내 우상들이었고, 그들 옆에 내 이름을 올릴 수 있다는 건 꿈을 이룬 것만 같았다. 또한 우리는 내가 직접 지휘한 빅 밴드 앨범 [The Birth of a Band!]를 머큐리 레코드사를 통해 발표하기도 했다. 이제 막 찬사 가득한 리뷰들이 올라오기 시작했는데, 비행기에 탄

다면 우리는 유럽에서 수개월 동안 고생하며 실패한 뮤지컬
과 투어 공연조차 하지 못한 앨범만 남기게 될 뿐이었다.

　제작자의 최종 결정을 들은 나는 밴드 멤버들을 소집했다.
나는 멤버들에게 유럽에서 어떻게 할 것인지를 고민할 하루
의 시간을 달라고 간절히 빌었다. 심지어 나는 그 주말에 두
개의 공연을 잡아둔 상황이기도 했다. 파리의 올랭피아와 스
톡홀름에서의 공연이었고, 그것들을 성사시킬 방법을 찾아
야 했다. 24시간 내에 이 밴드를 유럽에 더 있게 할 계획을 만
들어야 했다. 그러나 내 입을 떠난 말이 밴드 멤버들의 마음
에 들어가자마자, 나는 내가 생각했던 것보다 더 큰 일을 저
질렀다는 걸 알았다.

　파리를 떠나기로 했던 토요일이 왔고, 그렇게 뮤지컬 배우
와 스태프들은 떠났다. 그러나 나와 내 밴드는 떠나지 않았
다. 연주자 18명을 포함해 우리의 아내들과 아이들, 뮤지컬에
참여한 클래식 오페라 성악가 엘리 호지스Eli Hodges(우리의 보
조원으로 고용했다), 연주자 중 한 명의 장모, 두 연주자의 애
완견들까지, 총 33명이 남았다. 빅 밴드 연주자들이 물론 돈
이나 명예를 위해서 따라온 건 아니었지만, 나는 그들을 위한
급여와 기본적인 생활비를 충당할 방법을 찾아야 했다. 밴드
에게 공연을 준비시킨 뒤, 나는 전화기를 들었다.

　우선 프랑스의 공연기획자에게 연락했다. 그는 어렵게 프
랑스에서 16개의 공연을 잡아주었고, 공연 비용을 선지급 해

줄 것도 약속했다. 자금을 확보한 나는 주말 공연이 있는 스웨덴의 스톡홀름까지 타고 갈 낡고 작은 비행기를 예약했다.

하지만 우리가 파리로 돌아왔을 때 그 프랑스인 공연기획자는 우리의 공연비 선금을 가지고 도시를 떠난 뒤였다. 모든 공연비는 그가 가지고 있었고 그는 영영 돌아오지 않았다. 남아 있는 것이라곤 알제리 전쟁뿐이었다. 너무나 위험한 상황이었고, 내겐 매니저나 공연 에이전트도 없었다.

나는 공연 일정을 잡는 경험이 전혀 없었지만, 연주를 할 수 있는 곳이라면 어디든 찾아갔다. 밴드를 끌고 네덜란드, 벨기에, 이탈리아, 유고슬라비아, 핀란드, 오스트리아, 독일, 스웨덴, 그리고 다시 독일로 돌아와서 스위스에 갔다가 저 멀리 포르투갈까지 갔다. 우리는 버스와 기차, 자동차 때로는 걸어서 유랑자들처럼 떠돌았다.

밴드를 유지하기 위해 푼돈까지 모아야 했던 그때 나는 세계 각지에 있던 지인들에게 연락해 밴드가 필요하지 않냐고 물었다. 놀랍게도 공연기획자 노먼 그란츠Norman Granz가 냇 킹 콜Nat King Cole의 첫 유럽 투어 오프닝 3주 짜리를 맡겨 주었다. 냇 킹 콜은 이 세상에 존재했던 최고의 음악가 중 한 명이었고, 그런 그와 3주 동안 함께 투어를 진행할 수 있다는 것은 내가 제대로 된 길을 가고 있다는 확신을 다시 갖게 해주었다.

이 일은 자금을 빠르게 확보할 수 있게 해주기도 했다. 일을 마치고 나는 밴드 연주자들에게 급여를 지급했다. 그러나 나는 다시 시작점에 서게 되었다는 사실을 알게 되었다. 빈털 털이였다. 솔직하게 말하자면 우린 언제나 빈털털이였다. 그 런데 이번에는 진정으로 빈털털이였다.

내 밴드 멤버들은 마치 동네 지하철역 플랫폼에 앉아 있는 쥐 무리 같아 보였다. 그리고 나는 그 옆에 있는 공중전화기 를 붙들고 온갖 부탁을 하고 있었다. 지하철역에서도 더 머무 를 수 없게 되었을 때, 우리는 버스로 가서 내가 다음 공연 일 정을 확보할 때까지 잠을 청했다. 비록 밴드 멤버들의 나이는 나보다 훨씬 많았음에도, 그들을 부양하는 것은 내 몫이었다. 나는 그들과 지킬 약속이 있었다. 스트레스는 점점 더 쌓여갔 고 나는 계속해서 극심한 공황을 경험했으며, 최소한 멤버들 의 가족들이 호텔방에서 지낼 수 있도록 빌린 돈이 입금되기 만을 기다렸다.

진짜 끝이라고 생각했던 순간, 머큐리 레코드 인터내셔널 Mercury Records International 스위스 지사의 총괄 담당자였던 브 라이스 소머스Brice Somers와 아내 클레어-라이스Clare-Lise가 열 차 한 칸을 전부 대여해가며 우리를 유고슬라비아에서 데리 고 나왔다. 밴드 멤버들에게 급여를 지급하고 나니 내겐 유고 슬라비아 돈으로 약 62,000달러가 남았지만 유고슬라비아 밖 에서는 아무런 가치가 없는 돈이었다. 그래서 나는 그 돈으로 내가 생각할 수 있는 모든 도시로 가는 기차표를 미리 사버렸다. 우리가 가는 도시에 빈자리가 있기를, 공연할 수 있기만을 바랐다. 내 희망은 최소한 내가 쓴 유고슬라비아 돈 만큼을 되찾는 것이었지만 빅 밴드와 그 가족을 이동시키는 데 들어가는 비용은 정말 장난이 아니었다. 특히나 목적지에서 유료 공연을 할 수 있는지조차 확신할 수 없을 때는 더 크게 느껴졌다. 다음에 어디로 가야할지 추측이 맞는다면 우린 일을 할 수 있었다. 하지만 그게 틀어지면 또 무언가 확실한 일정이 잡힐 때까지 버스나 기차를 타거나 모텔에 머물곤 했다.

33명의 사람들을 유럽 전역으로 끌고 다니며 그들의 기본적인 생계를 책임지기 위해 매주 4,800달러를 벌어야 했던 그 10개월 동안, 내 내면은 완전히 무너졌다. 나의 머리와 마음 **그리고** 영혼까지. 그때 나는 26년을 살았지만, 당시에 나에게 가해진 인생의 무게 때문에 3배는 더 늙은 것 같았다. 그리고 그 버거움은 연주자 개개인들에게도 드러나기 시작했다.

우리가 핀란드 투르쿠의 한 호텔에 도착했을 때 나는 마지막 동아줄을 붙잡고 있었다. 내가 아는 모든 사람에게 돈을 빌렸고, 상상할 수 있는 모든 수단을 사용했다. 유럽에 묶여 있는 빅 밴드에게 자신의 운명과 돈을 걸고 투자할 사람이 누가 있을까. 나는 도무지 이 밴드를 미국으로 돌려보낼 방법을 찾을 수 없었고, 도움을 청할 사람도 이제 없었다.

호텔방에서 나는 지난 몇 달 동안의 행사들을 반복해서 생각했다. 내 첫 빅 밴드와 함께하려던 위대한 계획이 예상대로 되지 않았다는 사실을 믿을 수 없었다. 화가 났다. 〈프리 앤 이지〉의 음악 감독 제의를 승낙했을 때 나는 이것이 인생을 바꿔줄 거라고 생각했다. 하지만 오히려 커리어가 끝나는 지경까지 와버린 것이다. 탈출하고 싶었다. 나는 탈출해야 했다. 머릿속은 내가 갚아야 하는 모든 돈에 관한 생각으로만 가득 찼고, 이대로 사는 것보단 그냥 죽는 게 낫다는 결론에 도달했다.

엎친 데 덮친 격으로, 1년 가까이 연락이 닿지 않은 내게 연락 좀 해달라는 애원이 담긴 아버지의 편지를 받았다. 아버지와 내 동생 로이드를 두고 왔다는 사실에 마음이 찢어질 것 같았다.

수천 마일을 건너 내게 도착한 편지에는 아버지의 실망감이 담겨 있었다. 아버지의 생신은 얼마 전이었고, 나는 아버지에게 짧은 편지조차도 보낼 수 없는 주머니 사정인 채로 핀란드 투르쿠에 갇혀 있었다. 당장이라도 박차고 밖으로 나가 아버지에게 생일 축하 엽서를 보내고 싶었지만, 방을 나서는 순간 나를 마냥 기다리고 있는 멤버의 얼굴을 마주쳐야 한다는 사실을 다시 떠올렸다.

타지에서 33명을 금전적으로 뒷받침해야 한다는 것과 실패자로 낙인찍힐 것이라는 압박감은 참을 수 없이 괴로웠다. 인생에서 처음으로 자살을 생각했다. 단순히 생각만 한 게 아니라 그 방법까지도 깊게 고민했다. 매일 같이 이어지는 압박감에 비하면, 그 무엇이라도 나을 것 같았다.

대안이 없었고, 마지막 방편으로 나는 기도했다. 내가 삶과 죽음의 경계에서 얼마나 오랫동안 멍하니 앉아 있었는지는 설명할 수도 없다. 몇 분이었는지 몇 시간이었는지 모르겠지만, 내 마음 속 가장 낮은 곳에서 어린 시절 아버지가 내게 해주었던 말이 떠올랐다. "네가 태어난 데는 이유가 있단다."

그 이유를 정확히는 알 수 없었지만, 가만히 그 말을 곱씹다 보니 혼란과 소망이 뒤섞인 밑바닥에서 조명 스위치가 켜지는 듯한 느낌이 들었다. 그것은 보이지 않는 미래를 향한, 새롭게 발견한 희망을 밝혀주는 스위치였다. 설령 그게 내가 할 수 있는 마지막 수단일지라도 더 나아가기 위해 마지막 시도는 해야 했다. 정신적으로도, 그리고 육체적으로도.

겨우 연락처 목록을 넘길 수 있을 정도만큼의 힘만을 가지고 나는, 지금까지 연락하지 않는 사람인 어빙 그린Irving Green에게 전화하기로 마음을 먹었다. 어빙은 내가 앨범 [The Birth of a Band!]를 발표한 머큐리 레코드를 설립한 사람이었다. 나는 그에게 절벽까지 내몰린 내 상황을 설명했고, 그는 곧바로 1,700달러를 빌려주었다. 그가 기꺼이 나를 도와준만큼 나도 제대로 된 해결책을 찾아야 한다는 걸 느꼈다.

어빙의 도움은 밴드를 다시 미국으로 돌려보낼 수 있다는 자신감을 주었지만, 현실적으로는 더 많은 돈이 필요했다. 나는 전략적으로 다음 행보를 계획했다. 그리곤 아내 제리에게 연락해 실루엣 뮤직Silhouette Music(5년 전인 1954년에 나와 공동으로 설립한 음악 퍼블리싱 회사)의 공동소유주인 찰리 핸슨Charlie Hansen에게 내 모든 곡에 대한 몫을 넘기는 대가로 14,000달러를 부탁했다. 이때 나는 내게 있던 모든 것을 넘겼고, 훗날 이걸 재구입하는 데 105,000달러를 썼다.

그렇게 팔아치웠음에도 나는 고작 프랑스의 르아브르에서 출항한 아주 느린 배인 USS 유나이티드 스테이트에 멤버들을 태우고 갈 정도의 돈만을 확보했을 뿐이었다. 나는 내 밴드 앞에서 눈물을 보인 적이 없었지만, 글쎄, 모든 일에는 처음이 있는 법이다. 밴드 멤버들의 눈에 내가 완전히 실망스러운 모습으로 보인다는 사실은 그 무엇보다도 부끄러운 기분을 들게 했다. 나는 집으로 돌아간다는 사실에 안도하면서도, 다른 한편에는 실망감의 무게를 느꼈다.

뉴욕으로 돌아간 뒤에도 나는 이 밴드를 이어가려고는 했지만, 유럽 투어에서 경험했던 금전적인 어려움은 계속해서 우리를 괴롭혔다. 일부 연주자는 집을 잃었고, 일부 연주자는 관계가 단절됐으며, 일부는 그 모두를 잃었다. 이런 상황은 버티기 힘들 정도로 무겁게 느껴졌다. 현명하게 행동하지 않는다면 내가 다시 핀란드 투르쿠의 호텔방에서 경험했던 상태로 돌아갈 거란 걸 알았다.

이 일련의 시련은 스스로 시야를 잃고, 헛된 희망에 현혹되어 함정에 빠지는 것이 얼마나 쉬운 일인지를 깨닫게 했다.

C

무엇보다도, 이건 내가 어떻게 앞으로 나아갈 것인지에 대해 하나의 경고가 되어주기도 했다. 나는 죄책감과 수치스러움과 자살에 대한 생각에 눌려있기 보다, 매일 스스로에게 긍정의 말을 할 것을 다짐했다.

내 삶의 뚜렷한 목표를 정확하게 설명하는 건 대단히 어려운 일처럼 보였기 때문에, 어디에서 시작해야 할지 감을 잡을 수 없는 상황이었다. 그래서 나는 내가 되고 싶은 모습을 말로 설명하고 단언하는 것과 함께, 내가 그동안 보여준 모습을 언어로 표현하는 것부터 시작했다. 시간이 흐르며 이런 습관은 당시 내가 가늠하기 어려웠던, 멀찍이 발전한 모습의 미래에 대한 강한 믿음을 심어주기 시작했다. 이 습관의 좋은 점은 반복적인 행동을 통해 잠재의식을 교체할 수 있게 해주며, 이로써 나는 나를 지배하려 했던 부정적인 생각을 완화시킬 수 있었다.

내가 성장하면서 나를 긍정한 말들로 변하기는 했지만, 나의 마음과 정신에 새겨진 말은 늘 같았다. 현재 그 말은 대략 다음과 같다.

하늘에 계신 아버지여, 이름이 거룩히 여김을 받으시오며. 뜻이 하늘에서 이루어진 것 같이 땅에서도 이루어지이다. 오늘 우리에게 일용할 양식을 주시고 우리가 우리에게 죄지은 자를 용서하듯 우리의 죄를 사하여 주옵소서. 우리를 시험에 들게 하지

마옵시고 다만 악에서 구하옵소서. 나라와 권세와 영광이 아버지의 것이니 영원토록 아버지께 있사옵나이다. 아멘. 나는 의식적인 신성한 지성을 가지고 있으며 진리에 대한 직접적인 지식을 가지고 있습니다. 나는 하나님이 나를 인도하심을 알고 있습니다. 하나님께서는 내가 사랑할 수 있고, 존경할 수 있고, 믿을수 있고, 영원히 함께 살 수 있는 성품을 계속 쌓아갈 수 있도록 신성한 뜻으로 나를 인도하고 계시므로, 어떤 이유로든 나의 소중한 자녀들과 그들의 소중한 자녀들, 그리고 나의 소중한 친구들과 그들의 소중한 자녀들(그리고 전 세계의 사랑하는 내 아이들)을 위해 항상 오래도록 강인하게 존재할 수 있을 것입니다. 저는 처음부터 아이들의 곁에 있었기 때문에 길거리 쥐가 된 기분이 어떤 것인지 잘 알고 있습니다. 이 아이들을 위해 함께할 수있게 해주신 하나님과 저를 믿어주는 멘토들이 있음에 감사합니다. 일곱 살에 어머니를 잃은 저는 제가 이 아이들처럼 자랐다는 것을 알고 있으며, 앞으로도 항상 그들 중 하나가 될 것입니다. 건강 없이는 다른 어떤 것도 중요하지 않으니 건강을 지키고 보호하고 향상시킬 수 있도록 허락해 주십시오. 저는 이지구를 떠날 때까지 세상에 대한 저의 가치와 하나님이 주신 재능을 개발할 것입니다. 약속드리겠습니다.

내가 만약 그날 호텔방에서 스스로 포기했다면 어떤 일이 펼쳐졌을지는 상상조차 하기 힘들다. 내가 어떤 유산을 남겼

을지 모르겠지만, 아마도 유럽에 발이 묶인 빅 밴드를 만든 26살짜리 아이에 관한 노래가 만들어졌을 것이다. 내가 보장하는데 말처럼 쉬운 일이 아니었다.

하지만 삶은 살 가치가 있다. 나는 그러한 삶을 살고 있고, 이걸 멈출 생각도 없다. 궁지에 몰릴 때까지 이정표를 만들지 않는 행동은, 당신의 실패를 바라는 사람들이 원하는 것일 테다. 그러므로 당신의 이정표가 어떤 형태일지를 파악하고, **미리** 그걸 짜도록 해라. 내가 말하는 '미리'는, 절대 나이를 얘기하는 것이 아니다. 이 땅에서 몇 년을 살았는지가 중요한 게 아니다. 물론 과거는 지나간 것이지만, 미래는 또 새롭게 다가올 것이기 때문이다. 올바른 궤도에 오르는 데는 늘 충분한 시간이 있다.

〈프리 앤 이지〉 이후에 일이 자유롭고 쉬웠다고 말한다면, 그것은 내가 거짓말을 하는 것이다. 그렇지 않았고, 여전히 그렇지 않다. 그럼에도 절대 포기하지 않길 바란다. 비록 그 투어에서 빚진 돈을 다 갚는 데 만 7년이란 시간이 걸렸지만, 그 이후에 내 인생에서 펼쳐진 시간은 비교할 수 없이 밝게 빛났다.

사실, 뉴욕으로 돌아온 뒤 나는 처음으로 제대로 된 직장을 얻었다. 어빙 그린은 내가 빚을 갚을 수 있도록 머큐리 레코드의 A&R Artists&Rertoire(아티스트 앤 레퍼토리) 부서에서 일하게 해주었다. 훗날 나는 이 회사에서 부사장에 오르며 메이저 음반사 최초로 흑인 경영인이 된다. 이곳에서 나는 레슬리 고어 Lesley Gore를 발굴해, 「It's My Party」와 「You Don't Own Me」를 포함해 열한 개의 히트곡을 제작했다. 재밌게도 내가 실루엣 뮤직 카탈로그에서 도로 사온 곡에는 「Soul Bossa Nova」가 있었다. 훗날 1960년에 내가 발표하게 되는 곡이다. 37년 후인 1997년에 개봉한 영화 〈오스틴 파워-제로〉를 시작으로 이 곡은 〈오스틴 파워〉 시리즈의 테마곡이 되었다.

미스터리를 이야기했으니 말인데, 삶에서 일어나는 모든 일에는 예고가 없다. 그러나 한 가지 안정적인 게 있다면 그것은 바로 기반이다. 나는 당신에게 무언가를 하라고 말하지 않을 것이다. 내게 효과적이었던 방법을 이야기해주고, 그것이 당신에게 예술과 꿈과 삶을 포기하지 않고 계속해서 나아가는 영감이 되어주기를 희망할 뿐이다. 우리가 나아갈 진로를 결정하는 데 생각이 중요한 역할을 한다는 것은 일반적으로 다 알고 있는 이야기이다. 이와 더불어, 이정표의 도움을 받아 계속해서 위로 향할 수 있도록 그러한 생각을 훈련할 수 있는 능동적인 태도를 유지하는 것이 중요하다. 그것이 당신에게 어떠한 형태가 되든 말이다. 나는 지금까지 매일 잠에서 일어나면 스스로를 긍정하는 시간을 가져왔다. 이건 내가 88세까지 **살 수** 있게 해주었을 뿐 아니라, 88세 이상까지 **살게 해줄** 궁극의 길잡이 시스템이다. 당신도 그럴 수 있기를 바란다.

You've got to open
your heart and
your mind.

당신의 마음과 정신을 열어야 한다.

Note

중대한 기회를 위해
언제나 준비되어 있어라

"일하기 전에 '성공'을 볼 수 있는 유일한 곳은 사전뿐이다"라
는 속담이 있다. 다시 한번 말하자면, 이 말의 핵심은 토머스
에디슨Thomas Edison의 명언을 떠올리게 한다. "성공은 10퍼센
트의 영감과 90퍼센트의 노력으로 만들어진다." 정말 정곡을
찌르는 말이다. 왜냐하면 전문적인 측면이든 개인적인 측면
이든 분야를 막론하고, 성공에는 대단한 노력이 요구되기 때
문이다. 눌러앉아서 기회가 오기만을 기다릴 수는 없다. 그런
기회가 찾아왔을 때는 그것을 이뤄낼 수 있을 정도로 준비가
되어 있어야 한다. 기회에 대한 사전적 정의는 '목표를 이룰
수 있는 상황이나 조건'이니, 이를 잊지 말길 바란다. 이러한
정의에는 성공을 보장한다는 이야기가 없다. 이는 기회가 행

동에 따라 이득이 되는 상황이나 조건을 제공한다고 주장할 뿐이다. 자, 그렇다면 무엇이 이어져야 할까? 바로 노력이다.

내가 기억할 수 있는 한, 나의 아버지는 매일 내게 이렇게 말했다. "한번 일이 시작되면 끝날 때까지 멈추지 마라. 큰일이든 작은 일이든 잘 해낼 거 아니면 아예 손도 대지 마." 내게 주어진 일이 무엇인지는 중요하지 않았다. 그저 내가 가진 능력으로 최선의 결과물을 만들어야 한다는 사실만 알 뿐이었다.

이러한 정신은 나의 직업윤리 의식에 각인이 되었고, 오랫동안 이를 지켜왔다. 그동안의 긴 커리어 동안 나는 내가 맡은 일이라면 제작도 하고, 작곡도 하고, 편곡도 하고, 모든 걸 했고, 이는 나의 근면함 때문이었다. 훌륭한 직업윤리는 의심할 필요도 없이 당신을 인생의 모든 과정에서 나아갈 수 있도록 해줄 자산이다. 이것은 훌륭히 해내지 못했음에도 일을 끝마쳤다는 사실만으로 만족하는 당신의 동료들과 분명하게 구분해줄 것이다.

사실, 나의 가장 큰 두려움은 중대한 기회에 준비되어 있지 **않을** 수 있다는 우려였다. 손을 쓸 수 없다는 측면에서 '두려움'은 내 사전에서 나쁜 단어다. 자신을 두려움의 사고방식에 젖어들게 방치한다면, 가까이에 있는 일을 할 능력이 안 되거나 할 가치가 없다고 여기는 상태에 빠지게 된다. 이건 위험한 상태인데, 왜냐면 자신이 일을 해낼 수 **있다고** 증명하는 대신에, 시작하기도 전에 스스로 할 수 없다고 설득하기 때문이다. 하지만 당신이 무엇이 던져지든 해낼 준비가 되어 있다면, 그 무엇도 당신을 무섭게 할 수 없다.

하지만 여기에서 오해하지 않기를 바란다. 두려움이 없다는 건, 위험으로부터 안전하다는 의미가 아니다. 나는 셀 수 없이 많은 실수를 저질러왔음을 먼저 고백한다. 아주 빠르고 크게 실패했다. 하지만 그 실패들로부터 나는 가치를 찾을 수 있었다. 내가 저지른 실수들은 다음번에 어떤 점을 유념해야 하는지를 가르쳐주었기 때문이다. 다만 같은 실수를 두 번 저지르지 않아야 한다. 그로 인해 당신에게 다시 맡기려던 일이, 다른 사람에게 넘어갈 수 있기 때문이다.

아버지가 내게 반복적으로 가르쳐주었듯 무언가를 하기로 했다면 **완전히** 끝까지 가야 한다. 주변을 잘 살펴보면 어떤 일에 대해 생각하는 사람은 많지만 그중 대부분은 실행으로 옮기지 않는다. 구상과 실행 사이에는 생각보다 거리가 있다. 당신이 갈구하는 것이 무엇이든 간에 그것에 필요한 에너지를 쏟아 부을 감정적인 준비가 되어야 한다. 그렇지 않으면 기름이 없는 차에 탄 것과 같을 것이다. 기회를 놓치려고 하는 사람은 없다. 하지만 그 기회를 성공으로 바꾸기 위해서는 그에 걸맞은 준비가 돼있어야 한다.

내가 이런 교훈을 얻은 때를 생각하면, 1958년 프랭크 시나트라Frank Sinatra가 내게 해준 일생일대의 부름이 즉각적으로 떠오른다. 하지만 그전에 전체적인 이야기를 이해하려면, 잠시 고등학생 시절로 돌아가야 한다.

1948년에 나의 밴드 교사였던 파커 쿡 선생님은 시애틀의 가필드 고등학교 밴드 연습실을 마음껏 쓸 수 있도록 해주었다. 나와 금세 친구가 된 찰리 테일러Charlie Taylor도 거기서 만났다. 우리는 매일 같이 악기 연주를 연습했고, 얼마 지나지 않아 밴드를 시작하기로 했다. 라디오에서 들었던 빅 밴드처럼 되기를 갈망했고, 다양한 연주자들을 우리 밴드에 모집했다. 우리는 빅 밴드를 마치 우리의 생업인 것처럼 운용했고, 얼마 후 매디슨 스트리트 23번가에 있는 YMCA에 첫 번째 공연을 잡았다. 각각 7달러의 연주료를 받은 우리는 하늘을 나는 듯이 기뻤다.

그러다 범프스 블랙웰Bumps Blackwell이라는 로컬 밴드리더를 만났고, 음악을 연주하는 일이 진짜 생업이 될 가능성이 생겼다. 그는 우리 밴드를 이끌어도 되냐고 물었다. 우리보다 나이가 크게 많지 않았지만 그는 음악가의 재능을 알아보는 뛰어난 귀를 가졌고, 무엇이든 자신의 귀를 사로잡은 것을 홍보할 수 있는 **대단한** 재능이 있었다.

비록 범프스는 몇몇 그룹을 이끌었고, 우리 밴드는 그가 이끈 유일한 미성년 밴드였지만 그는 우리 모두가 주목 받을 수 있게 해주었다. 마치 라디오에서 들었던 재즈 영웅들처럼 말이다. 찰리 파커Charlie Parker부터 디지 길레스피Dizzy Gillespie까지 우리는 비밥 음악계의 모든 주역의 이름을 알았기 때문에 어느 날 범프스가 다음 소식을 들고 왔을 때 정신을 잃고 말았다. "빌리 홀리데이Billie Holiday(레이디 데이Lady Day)가 우리 동네에 오는데, 너희가 연주를 맡기로 했어!" 우리가 레이디 데이를 위해 연주한다는 사실은 정말 놀라운 일이었다. 특히나 범스가 다른 성인 밴드를 이끌고 있었기 때문에 더욱더 그랬다. 당시 대부분의 가수와 마찬가지로 빌리는 음악감독의 역할까지 병행하는 피아니스트와 함께했고, 그는 그녀가 연주하는 도시의 지역 연주자들을 고용하는 역할을 맡고 있었다. 그녀에게 연주할 밴드가 필요하다는 건 너무나 일반적인 것이었지만, 미성년 밴드가 선택된 건 **완전히** 비정상적인 일이었다. 그녀의 피아니스트가 왜 우리를 선택했냐고 묻자 범스는 간단히 대답했다. "왜냐면 이곳의 그 누구보다 너희가 즉석연주를 잘하기 때문이야."

불과 공연 몇 분 전 15살의 나는 이글스 음악당 끝에 초조하게 서서 객석을 채운 900명의 관객을 바라봤다. 오금이 저렸다. 빌리의 음악감독이자 유명한 편곡가이자 피아니스트 바비 터커Bobby Tucker가 무대에 서서 우리에게서 기대하는 수준의 연주를 간략하게 설명했고, 곧 무대가 시작되는 시간이 되었다.

빌리는 우리가 기대했던 진정한 스타처럼 노래했다. 하지만 그녀의 모습에 압도된 우리 밴드는 기름칠을 하지 않은 트럭처럼 삐걱댔다. 바비는 피아노를 연주하며 우리에게 몸을 기울였고, 프로답게 음악 아래에서 우리에게 소리쳤다. "이 시X 새끼들, 제대로 곡을 연주하지 않고 얼빠진 채로 빌리를 쳐다만 볼 거면 무대에서 내려가 티켓을 사와." 그의 발언으로 우리가 인상을 찌푸렸을지도 모르지만, 분명 우리를 집중하게는 했다. 몇 초 만에 제대로 연주하기 시작했으니 말이다. 결과적으로 공연은 대성공이었지만, 나는 그때의 경험을 특별한 추억으로 간직하는 것 외에는 더 이상 생각하지 않았다.

바비 터커는 그해에 다시 돌아왔는데, 이번에는 전설적인 빌리 엑스타인Billy Eckstine과 함께였다. 그가 나를 포함해 우리 미성년 밴드에서 멤버를 손수 뽑아 다시 연주하자고 할 거라고는 생각할 수 없었다. 나는 레이디 데이의 공연에서 보였던 이전의 실수를 하지 않고 재능을 다시 한번 선보이겠다고 다짐했다. 공연이 끝난 뒤 나는 그에게 피드백을 요청했고, 또 내가 연주에 얼마나 진심인지에 관해 말했다. 이번에도 이 일생일대의 경험을 추억으로 남길 생각이었다. 그 이상은 생각하지도 않았다.

다시 1957년 8월로 돌아와서, 바비 터커, 빌리 홀리데이, 빌리 엑스타인과 함께했던 1948년의 기억은 더는 추억이 아닌, 내 주요 커리어를 위한 촉매제로 작용했다. 빌리 엑스타인은 사업 천재 니콜 바클레이Nicole Barclay와 그녀의 남편 에디 바클레이Eddie Barclay가 설립한 파리의 유명한 음반사인 바클레이 레코드Barclay Records와 계약되어 있었다. 니콜이 미국인 음악감독을 물색하고 있다는 이야기를 들은 빌리 엑스타인은 그녀에게 말했다. "내가 아는 사람이 있어. 퀸시 존스에게 연락해봐. 그는 뉴욕 최고의 편곡가 중 한 명이야." 바비는 내가 15살 때 같이 연주한 이후에도 계속해서 연락하며 지내긴 했다. 하지만 24살 때도 나는 재즈 세계에서 여전히 어린애였기 때문에 음반사에서 온 연락은 엄청난 뜻밖의 일이었다.

내 아이 졸리와 아내를 위해서라도 나는 뉴욕으로 돌아가기 전에 정리를 마치고 싶었다. 음반사의 제안을 한 손에 쥐고 나는 바클레이 레코드의 음악감독이자 편곡가이자 지휘자가 되기 위해 파리로 건너갔다. 이 일을 맡음으로써 나는 샤를 아즈나부르Charles Aznavour, 스테판 그라펠리Stéphane Grappelli, 앙리 살바도르Henri Salvador, 미셸 르그랑Michel Legrand, 더블 식스Double Six, 앤디 윌리엄스Andy Williams, 세라 본Sarah Vaughan 등 미국에서는 합작할 기회조차 얻기 어려웠던 음악가들과 함께할 기회를 얻게 되었다. 에디 바클레이의 55인조 정규 오케스트라와의 수백 번 이상의 녹음에서 편곡을 맡기도 했다. 이런 작업은 나의 인생에 남을 경험이었고, 결과적으로 그 연락으로 이어졌다.

에디와 작업하고 있던 1958년의 어느 오후, 모나코의 그레이스 켈리Grace Kelly 공비 비서실로부터 전화가 왔다. 에디는 말했다. "프랭크 시나트라가 영화 〈잊을 수 없는 모정Kings Go Forth〉 개봉을 위해 이곳에 와서 노래를 부른다고 하는데, 프랭크는 당신과 오케스트라가 모나코의 스포팅 클럽에서 연주해주길 바란다고 하네." 그 말을 믿을 수 없었다. 그러니까, 그 사람은 지구상에서 가장 유명한 사람이 아니던가! 나는 비몽사몽인 상태로 승낙했고, 에디의 오케스트라 멤버들과 함께 기차를 타고, 시나트라의 반주를 하기 위해 남부로 향했다.

이 시기에 나는 하나의 만능도구처럼 편곡을 준비하는 게 아니라, 각 가수의 음역에 맞춰 다르게 반주해야 한다는 사실을 깨달았다. 25살의 나는 내 능력을 증명하기로 결심했기에, 프랭크가 편곡과 감정 표현의 측면에서 보여주려는 걸 완벽하게 파악하기로 작정했다. 프랭크 시나트라가 한쪽이 기울여진 채로 'Swinging Lovers' 모자를 쓰고 모나코의 스포팅 클럽에 걸어들어오자 그에게 모두의 관심이 쏠렸다. "음반을 들었으니, 어떻게 해야 하는지 알겠지. 내가 어떻게 하는지 알잖아." 전체 오케스트라와 함께 우리는 4시간 동안 리허설을 했고, 연습이 끝나자 프랭크는 "와우, 돌겠네"라고 말하곤 퇴장했다.

모든 공연을 마무리되었을 때, 그는 내게 악수를 청하며 짧게 말했다. "그래, 좋았어, 큐."(누군가 내게 "큐"라고 불러준 건 그게 처음이었다.) 그리고 그는 사라졌다. 그는 일에 있어 확실한 사람이었다. 나는 그날 프랭크와 고작 몇 마디의 문장만을 주고받은 것 같다. 그에게 감사를 표할 기회도 없었다. 나는 황홀경 속에서 파리로 돌아갔고, 그날의 공연을 추억으로 영원히 간직하겠다고 마음먹었다. 이번에도 그 이상은 생각하지 않았다.

이제 1964년으로 이동하자.

모나코에서의 공연 이후로, 나는 프랭크와 단 한번도 말을 섞은 적이 없었다. 거의 6년 동안 아무런 연락이 없었고 나는 그가 나를 완전히 잊었다고 생각했다. 뉴욕의 머큐리 레코드 A&R 부서 부사장으로 (내가 〈프리 앤 이지〉로 얻은 빚을 갚기 위해 하고 있던 그 직책 말이다) 일하고 있던 어느 오후, 나는 할리우드에서 걸려온 전화 한 통을 받았다. "헤이, 큐. 나 프랭크야. 내가 지금 하와이에서 〈논 벗 더 브레이브None But the Brave〉라는 영화를 감독하고 있거든. 당신이 작년에 카운트 베이시와 함께했던 음반을 들었어"라고 그는 말했다. 그가 의미한건 바트 하워드Bart Howard가 작곡한 「In Other Words (Fly Me to the Moon)」이었는데, 스윙감을 더하기 위해 3/4박자의 원곡을 내가 4/4박자로 편곡한 곡이었다. "나도 그렇게 하는 게 좋더라고. 베이시와 나랑 함께 앨범 하나 해보는 건 어때?"

심장이 가슴 밖으로 튀어나올 듯이 쿵쾅 대며 뛰었고 나는 답했다. "그걸 말이라고 해? 당연히 하지!"

"돌겠네. 자세한 건 우리 사무실에서 정리할 거야. 다음 주에 카우아이섬에서 보자고." 그러고 그는 뚝하고 끊었다.

나는 그의 스태프들을 통해 자세한 내용을 전달받았다. 프랭크는 내가 카운트 베이시의 밴드를 지휘하고 곡을 편곡하길 원하며, 「In Other Words (Fly Me to the Moon)」이 수록될 그의 다음 앨범 [It Might as Well be Swing]에 현악 편성을 더해주길 원했다.

내 능력을 보여주기 위해, 그리고 프랭크가 원하는 걸 완벽하게 소화하기 위해 밤낮을 가리지 않고 작업했다. 그는 결과물에 완전히 열광했고, 나를 그의 공식 지휘자이자 편곡가로 채용하여 투어를 함께 했다. 인종은 그에게 중요하지 않았다. 그는 우리 밴드 멤버들에게 깊은 존경심을 보여주었고, 자신에게 쏟아지는 것만큼이나 나와 나머지 연주자들에게도 스포트라이트가 가도록 했다. 프랭크와 나는 아주 빠르게 친구가 되었을 뿐 아니라, 최고의 합작 듀오가 되었다.

그는 나에게 편곡 작업을 맡기면 그가 구상한 것을 완벽하게 구현해줄 거란 걸 알았다. 그가 오케스트라 편곡에 있어서 어려움을 겪으면, 내가 나서서 곧바로 해결해주었다. 그의 노래들에 필요한 그루브를 구현하기 위해 나는 그의 별난 행동 뒤에 숨겨진 진짜 뜻을 확실히 파악해야 했다. 예를 들어, 만약 그가 바닥에서 15cm 정도의 높이에서 발을 구르며 박자를 맞춘다는 건, 우리 연주가 충분히 스윙하지 못하다는 의미였다. 그런 일이 생기면 나는 프랭크가 발을 30cm 높이에서 박자를 맞출 때까지 드러머에게 2박과 4박을 조금씩 더 세게 치라고 지시했다.

단언하건대, 내가 프랭크와 일하게 된 건 운이 좋아서가 아니었다. 그와 함께할 수 있었던 건 내가 나의 무기를 갈고 닦았고, 내가 해야 하는 능력을 완전히 능숙하게 선보였기 때문이었다. 한번은 그가 내게 이렇게 말했다. "큐, 「The Best is Yet to Come」의 첫 8마디에서 연주가 조금 빽빽한 것 같은데." 그리고 나는 10분 만에 그 문제를 해결했다. 나는 그와 연주하기 전에 여러 프로 음악가를 연구했고, 내가 도달할 수 있는 최고 수준의 지휘자이자 편곡가가 되기 위해 준비했었다.

1966년, 나는 프랭크 시나트라가 라스베이거스에서 녹음한 첫 라이브 앨범 [Sinatra at the Sands]를 위해 다시 그와 뭉쳤다. 그리고 1969년, 버즈 올드린Buzz Aldrin과 닐 암스트롱 Neil Armstrong이 우주에서 우리 버전의 「Fly Me to the Moon」을 재생했다. 달에 울려 퍼진 최초의 노래였고, 나로서는 꿈꿀 수도 없는 일이 펼쳐진 것이었다! 그가 세상을 떠나기 전인 1998년까지 40년 가까이 그와 함께 작업했다. 그는 내게 음악 동료이자 친구 이상의 존재였다. 마치 형제와 같았고, 이후에는 내 아이들의 대부가 되어주었다. 인생을 바꿀만한 합작을 그와 함께했다는 사실은 영원히 내게 영광일 것이며, 우리가 함께 만들 수 있었던 음악을 영원히 잊지 않을 것이다.

내게 축복 같이 주어진 일들을 내가 할 수 있었던 데는, 내가 부지런한 사람이었다는 점이 크게 작용했다고 나는 자신 있게 말할 수 있다. 내게 어떤 구체적인 기회가 주어지는지 는 통제하기 어려울지 모르지만, 기회가 주어졌을 때 그걸 받아들일 준비가 되어 있느냐는 내가 통제할 수 있는 부분이다. 내가 편곡 능력을 갈고닦지 않았다면, 프랭크가 내게 전화를 걸어 제안한 일생일대의 그 기회를 받아들일 준비가 되어 있지 않았을 것이다. 만약 당신도 그런 연락을 받는다면, 앉아서 고민할 시간도 주어지지 않는다. 본인이 준비가 되어 있다면, 단 1초도 고민할 필요 없이 곧바로 승낙할 수 있을 것이다.

가령, 당신이 주변 사람들에게 가서 음악가(혹은 당신이 추구하는 어떠한 직업)가 되겠다고 말하면서 연습을 하지 않는다면, 기회가 찾아와도 준비가 되어있지 못한 탓에, 기회를 놓치게 될 것이다. 나는 살면서 가수가 되고 싶다는 수많은 사람을 만났다. 하지만 그 자리에서 노래를 해보라고 하면 부끄러워서 하지 못하거나 단 하나의 노래조차도 가사를 모른다고 하는 사람들이 있었다. 이처럼 기회 자체는 어렵게 찾아오지 않는다. 하지만 당신이 제대로 준비한 것에 대한 기회는 정말 드물게 찾아온다.

또한, 일을 제대로 해낸다면, 다시 일을 제안 받거나 누군가에게 추천되는 건 거의 확실하다. 인생의 모든 건 연쇄반응으로 일어나며, 당신의 능력은 대개 당신의 가장 최근 결과물로 평가된다. 내가 만약 레이디 데이와 함께한 첫 번째 작업을 망쳐버렸다면 어떤 일이 일어났을지를 상상해보라. 또는 바비 터커와 빌리 엑스타인과 함께한 두 번째 연주에서도 첫 번째 때와 똑같은 실수를 했다면? 또는 1958년 프랭크가 내게 처음 전화를 걸었을 때 내가 그와 함께할 준비가 되어 있지 않았다면? 그가 거의 6년 뒤에 연락해서 다시 한번 하자고 제안하는 것은커녕, 그와 20분도 버티지 못했을 게 분명하다!

행운이란 보통 기회와 준비의 충돌 이후에 따라온다. 그러니 늘 준비가 되어 있어야 한다. 자신의 능력을 계속해서 성장시키고, 그다음에 일어날 수 있는 일들은 받아들여라. 당신이 어떤 직함을 가지고 있는지, 또는 당신이 어떤 일을 하고 있는지는 중요하지 않다. 당신이 가진 능력을 다해 최선을 다하라. 구두를 닦는 일이든, 딸기를 따는 일이든, 볼링 핀을 세우는 일이든, 프랭크 시나트라의 곡을 편곡하는 일이든, 나는 내가 하는 모든 일에 아버지가 가르쳐주신 직업윤리를 가지고 임했고, 그걸 매일 지켜왔다.

당신이 하는 일이 눈에 띄지 않는 순간은 앞으로 수도 없이 펼쳐질 것이다. 하지만 누군가는 알고 있다는 것을 잊지 말길 바란다. 바비 터커가 범프스 블랙웰 주니어 밴드에서 나의 연주를 알아보고, 빌리 엑스타인이 내 이름을 기억해 니콜 바클레이에게 추천했다는 건 이에 대한 완벽한 예시다. 어떤 일을 하든, 잘하거나 애초에 하지 말아야 한다.

가장 중요한 점은, 당신이 현재 가지고 있는 것을 잘 활용하는 법을 배우지 못했다면, 그 누가 당신을 믿고 일을 맡길 수 있겠는가? 게으름은 변명이 되지 못하지만, 만약 **그걸로** 변명할 거라면 당신의 우선순위를 다시 고민해보길 권한다. 최고의 결과물을 바라면서, 겨우 최소한의 노력만 하는 것은 충분하지 않다. 이 글을 읽고 있는 **당신은** 개인적으로, 그리고 직업적으로 더 나아갈 방법에 관심이 있는 사람일 가능성이 높다. 그런 당신에게 내가 해줄 수 있는 조언은 이것이다. 항상 디테일에 대해 세세하게 파고들 준비를 해라. 그것이 당신의 분야에서 최고에 이르게 하는 유일한 방법이다. 어디에서 시작할지를 모르겠다면 이 책의 다음 장에 주목하길 바란다. 당신을 위한 몇 가지 아이디어를 들려줄 테니 말이다.

**Always be prepared
for a great opportunity.**

중대한 기회를 위해 언제나 준비되어 있어라

Note

좌뇌를 연마하라

작곡과 편곡을 시작한 지 얼마 안 됐을 때 나는 악보 상단에
이렇게 기록했다. "주의! 모든 B를 반음 낮게 연주할 것. B를
제자리음으로 연주하면 웃기게 들림." 당시에 나는 겨우 13살
이었고, 조표라는 것을 몰랐기 때문에 내 지시와 같은 역할을
하는 것을 악보의 앞에 표기할 수 있다는 사실을 알지 못했던
것이다. 카운트 베이시라든지 라이어널 햄프턴 밴드 멤버들
같은 노련한 프로 연주자들과 어울리기 시작하면서야 나는
매번 지시 사항을 쓰지 않고 오선지의 3번째 줄에 플랫을 표
기하면 된다는 사실을 알게 되었다. 이 발견은 내가 아직 배
울 게 많다는 것과, 음악에 감정적으로만 접근하는 것으로는
내가 하려는 일의 최고가 되기에 부족하다는 사실을 깨우쳐

주었다. 오히려 내가 늘 말하듯 '좌뇌를 연마'하는 것, 즉 음악의 기술적 원리를 이해하는 것이 중요했다.

과학적 이론에 따르면 뇌의 우측 반구체는 감정과 창의력을 담당하고, 좌측 반구체는 지능과 분석을 담당한다. 편의상 그걸 우뇌와 좌뇌로 부르도록 하겠다. 정서적인 측면(우뇌)은 우리의 경험과 본능을, 지능적인 측면(좌뇌)은 (연습하고 길들여야 하는) 분석적이고 기술적인 능력과 더불어 과학을 따른다고 한다. 비슷한 관점에서 나는 음악도 우뇌와 좌뇌의 결과물인 두 개의 부분, 영혼과 과학으로 이루어져 있다고 생각한다. 음악은 감정의 표현 방식이면서, 다른 한편으로 피치와 박자라는 수학적 관계로 구성되어 있다(음악이론 학문).

나는 음악을 통한 좌뇌 연마의 필요성을 알게 되었고, 수많은 시행착오를 겪으며 인생의 모든 것에도 좌뇌의 힘이 적용될 수 있다는 걸 깨달았다. 당신이 의사든 목수든 요리사든 간에 당신이 수련하는 것의 세부적인 부분을 이해하지 못한다면 결국에는 한계에 도달하고 말 것이다. 자신의 실력을 섬세하게 조정하는 데 충분한 시간을 투자하지 않는다면, 당신은 금방이라도 무너질 기반 위에서 노력하는 꼴이 될 것이다.

음악에서든, 영화에서든, 프로덕션에서든, 모든 분야에서 창의성을 표출하려는 내 열망은 갈수록 더 커져만 갔고, 좌뇌 연마에 대한 깨달음과 함께 그 열망을 뒷받침해줄 지식을 닥치는 대로 습득했다. 음악을 기보하는 법, 영상에 영화음악을 입히는 법, 과학적 기술을 사용해 멋진 공연을 제작하는 법을 배운 후에 나는 내 예술성을 다음 단계로 도약하게 할 수 있었다. 좌뇌를 단련하는 법은 내가 창의성을 발휘하는데 큰 영향을 끼쳤다. 이번 장에서는 당신에게 그 비법을 전수하고, 각각의 분야에서 내가 명성을 얻는 데 어떤 도움을 주었는지를 얘기해보려고 한다.

내가 A#에서 이야기했듯 글렌 밀러의 편곡법부터 프랭크 스키너의 영화음악 작곡에 이르는 여러 지식에 대한 갈증은, 파우 선생님의 아이들을 돌보러 갔다가 접하게 된 책들에서 시작했다. 가필드 고등학교를 졸업한 후에 나는 시애틀 대학교에 입학해 공부할 수 있었다. 수업은 꽤 지루했기에, 나는 편안함에 안주하기보다는 도전을 택했고 (현재는 버클리 음대로 불리는) 실링거 하우스에 입학을 지원했다.

한 학기 후에 나는 실링거 하우스로부터 장학금을 제안받아 학교를 옮길 수 있었다. 음악의 수학적 요소를 연구하고 기록한 러시아인 작곡가 니콜라스 슬로님스키Nicolas Slonimsky의 영향력 있는 작품들에 대해 들은 것이 바로 이 학교였다. 그의 책 〈스케일과 멜로디 패턴 사전Thesaurus of Scales and Melodic Patterns〉은 나의 관점을 완전히 바꾸어버렸다. 나는 그 책의 모든 것을 공부했고, 음악과 수학에는 절대적인 것이 있다는 그의 메시지를 흡수했다. 그 절대적인 것을 체득하기 위해선 섬세한 이해와 연습이 필요했다. 이 책은 음악광에게 바이블과 같은 것이었다. 심지어는 (비밥의 진정한 개척자들인) 전설적인 존 콜트레인John Coltrane과 위대한 찰리 파커도 이걸 끼고 살았을 정도였다. 슬로님스키의 책은 멜로디적으로 가능한 패턴들을 제시했고, 음악이론의 원리에 더 깊이 들어갈 수 있게 했다. 전통적인 교육 방식으로도 내게는 부족했다. 나의 좌뇌를 단련하기 위한 기회를 포착하기 위해 찾아 나섰다.

내가 22살이었던 1955년에 비밥의 악명높은 리더, 디지 길레스피가 내게 전화해서 말했다. "이봐, 젊은 연주자. 내 밴드에서 트럼펫과 편곡, 음악감독을 맡아줬으면 좋겠어. 날 위해 힘써줘." 그가 말한 밴드는, 할렘 출신의 하원 의원인 애덤 클레이턴 파월 주니어Adam Clayton Powell Jr.의 제안으로 미국 국무부의 지원을 받으며, 재즈 음악을 바탕으로 문화적 외교 역할을 수행하는 밴드였다. 그러나 그보다 한 달 전에 나는 컬럼비아 레코드의 조지 아바키안George Avakian로 부터 일을 제안받은 터였다. 대단히 독창적인 재능을 가지고 있는, 샌프란시스코 출신의 무명의 17세 재즈 가수와 작업하고 편곡하는 일이었고, 이를 이미 승낙했었다.

둘 사이에서 갈등은 되었지만, 그래도 1분 만에 결정을 내릴 수 있었다. 나는 조지의 사무실을 찾아가 말했다. "조지, 당신이 소개해준 가수가 정말 좋지만 미안하게 됐어요. 나라를 위해 일해야겠어요." 그리고 나는 자리를 떴다. 내게 비밥은 모든 것이었고, 디지는 나의 우상이었다. 재밌는 건 그 17살의 가수는 조니 마티스Johnny Mathis였고, 이후에 그는 미치 밀러Mitch Miller와 「Chances Are」과 「The Twelfth of Never」를 녹음했다는 사실이다!

어찌 되었든, 디지와 나는 국무부 투어를 시작했다. 일정 중에 우리는 부에노스아이레스에서 연주를 마친 후 클럽에 있었고, 그곳에서 재즈 피아노를 치는 연주자를 발견했다. 그는 자신의 이름이 랄로 시프린Lalo Schifrin이라고 말했고, 그가 아르헨티나의 유명한 피아니스트라는 사실도 알게 됐다. 깊은 대화를 나눠보니 그와 내가 모두 오케스트라 편곡에 관심이 있다는 사실을 알게 되었다.

그는 20세기 작곡계의 최고의 교육자 중 한 명인 나디아 불랑제Nadia Boulanger를 언급하며, 내가 배우고 싶어 하는 작곡법과 대위법, 오케스트라 편곡법에 관한 모든 걸 그녀가 가르쳐줄 수 있을 거라고 말했다. 그녀는 뉴욕 필하모닉 오케스트라를 지휘한 최초의 여성이었으며, 레너드 번스타인Leonard Bernstein과 미셸 르그랑, 에런 코플런드Aaron Copand, 이고르 스트라빈스키Igor Stravinsky 같은 유명한 인물들을 가르친 교육자였다. 그녀에게 가르침을 받는 데 유일한 걸림돌은 오디션을 봐야 하는데, 그녀의 학교가 프랑스에 있다는 사실이었다.

1957년으로 옮겨가자. 당시 나는 뉴욕의 집으로 돌아와서 파리의 바클레이 레코드로 부터 업무 제안을 받은 상태였다. 타이밍이 이보다 잘 맞을 수는 없었다. 나는 곧장 파리로 갔

고, 도착하자마자 가장 먼저 나디아의 오디션을 보러갔다. 놀
랍게도 나는 모두가 탐내는 그녀의 수업 자리에 들어갈 수 있
었고, 오케스트라 편곡을 다루기 시작했다.

미국에서 나는 흑인이었기에 현악 작곡을 할 수 없었다. 나
같은 사람들에게 현악기는 '너무나 고상한 것'으로 여겨졌기
때문이었다. 그렇기에 나디아에게서 현악 작곡을 배우고, 그
걸 바클레이 레코드에서 적용하는 건 마치 KO 콤보를 날리
는 것 같았다.

수업의 일환으로 나디아는 「병사 이야기」와 「봄의 제전」을
비롯한 스트라빈스키의 작품들을 통해 학생들에게 역행, 자
리바꿈, 대위법, 화성학의 모든 걸 가르쳤다. 그녀는 말했다.
"새로운 음을 발견하지 않는 이상, 우리에게 주어진 열두 개
의 음으로 만든 모든 걸 공부하라." 이건 내가 성장하는 데 중
요한 지점이 되었다. 전문가들이 이미 이뤄놓은 것을 파고드
는 건, 무지의 상태에서 시작하는 것보다 더 나은 창의적 선
택을 하게 해주었기 때문이다. 그녀는 음악을 만드는 데 구
조가 필요하며, "제약이 커질수록 자유도가 커진다"라고 말
했다.

어떠한 전략도 개입되지 않기 때문에, 제약이 없는 창의성
은 혼돈으로 이어지기 마련이다. 자유는 잘 정의된 구조 속에
서만 실현할 수 있다. 이를 테면, **피아니시모** 없이 **포르티시
모**는 아무런 의미도 지니지 않는다. 음악은 약하게 시작하지

않는다면 강한 부분을 만들 수 없고, 반대의 경우도 동일하다. 다이내믹과 템포, 화성 구조의 상호연계성을 통해, 시원찮은 결과물이 아닌 명작을 만들 수 있게 된다.

이러한 골조는 즉흥연주에도 적용된다. 즉흥연주는 순간의 결과물이긴 하지만, 예술가는 상대적인 템포에 대한 이해와 다양한 다이내믹을 섬세하게 맞춰가며 정해진 진행의 연주를 할 수 있어야 한다. 위대한 파블로 피카소Pablo Picasso(남부 프랑스에서 산 바클레이 부부와 3년 동안 옆집 이웃이었다. 그는 빌라 라 칼리포니에서 아내 자클린Jacqueline, 두 마리의 염소, 세 마리의 오리와 함께 살았다!)가 "규칙을 알아야, 깨트릴 수도 있다"라고 했듯이 말이다. 음악은 섬세하게 공부해야 하는 과학이다.

나는 수업에서 그녀의 가르침을 집어삼킬 듯이 흡수했고, 그녀의 개인 수업에 더 많은 시간을 써서 배웠다. 그 개인 수업에서 그녀가 몇 시간이고 음악에 관해 이야기하는 걸 나는 듣고만 있었다. 결국에 나는 그녀에게 오케스트라 편곡법에 관해 배우고 싶다는 이야기를 전했고, 그녀도 동의했다.

다만 그녀는 모리스 라벨Maurice Ravel의 「다프니스와 클로에」의 첫 스물다섯 마디를 가지고 콘서트 피치로 모두 통일된 조로 바꾸고 6개의 오선 라인으로 축약하라는 조건을 내걸었다. 그 과정을 통해 나는 교향곡과 타악기, 대도표 편곡에 관한 모든 걸 알게 되었고, 그건 훗날 내가 영화음악 작곡에 뛰어들 때 필요한 능력이었다.

그녀에게 내 완성된 작품을 건네자, 그녀는 말했다. "이제 이것들을 모든 열두 가지 단계로 조바꿈을 해봐." 나는 어디서부터 손을 대야 할지 몰랐지만 그럼에도 그녀의 지시에 따라 더듬듯 나아갔고, 이건 마치 이러한 고난이 내가 가지고 있던 여러 물음에 답해주기 시작하는 것 같았다. 반복적으로 공부하고 내게 주어진 과제를 연습하는 건(좌뇌를 단련하는 건) 위대한 오케스트라 편곡가, 영화음악 작곡가, 전반적인 음악가가 되기 위한 토대를 닦아주었다. 이 기반은 내가 커리어에서 개별적인 단계를 넘어설 수 있도록 도와주었다.

몇 년 후인 1964년, 뉴욕의 머큐리 레코드의 A&R 부사장으로 일하고 있던 시절, 회사의 설립자인 어빙 그린은 머큐리 레코드와 다국적 대기업인 필립스Philips의 합병을 진행했다. 합병의 과정에서 필립스는 내게 20년 계약으로 100만 달러(그렇게 큰 숫자는 처음 봤다)를 제안했다.

나는 경제적인 안정을 갈구해왔지만, 그래도 다시 한번 생각해봤다. 그 돈을 20년 동안 나누면 매년 5만 달러 정도를 받게 되는 것이었다. 당시에 5만 달러는 상당한 급여였음에도 나는 내게 물었다. "내 삶이 연봉 5만 달러 수준인가?" 알 수 없었다. 나는 여전히 연예계 전반에 관해 배워야 할 것이 너무나 많았다. 무엇보다 나는, 영화음악 작곡에 대한 꿈을 이루기 위해 캘리포니아로 가고 싶었다.

사실 영화음악은 1961년에 개봉한 스웨덴 영화 〈Pojken i trädet〉를 통해 살짝 맛을 본 터였다. 〈The Boy in the Tree〉이라는 제목으로 번역된 이 영화는 오스카상 수상자인 아르네 숙스도르프Arne Sucksdorff가 각본과 감독을 맡은 작은 규모의 영화였는데, 그의 딸이 내 빅 밴드 투어를 관람하면서 이 일이 내게 주어졌다. 그녀는 식당까지 쫓아와서, 영화음악 작곡가가 되지 않겠냐며 내게 제안을 했었다.

그리고 1964년, 나는 명성 높은 감독 시드니 루멧으로부터 〈전당포The Pawnbroker〉라는 드라마 장르 영화의 음악을 부탁받았다. 결과적으로 그건 나의 첫 미국 영화를 위한 작곡이 되었다. 머큐리 레코드에서의 역할에 감사하고 있었지만, 내 남은 커리어를 그곳에서만 보내는 건 상상할 수 없었다. 내가 영화음악 작곡에 대한 열정을 발견한 이후였기에 더욱 그랬다.

나는 NBC 방송국의 〈헤이, 랜드로드Hey, Landlord〉의 테마곡을 작곡할 준비를 했고, 1965년에는 공식적으로 캘리포니아로 넘어갔다. 머큐리 레코드를 떠난 건 결과적으로 최고의 선택이었는데, 내가 영화와 텔레비전 방송을 통틀어 51개 작품의 작곡을 맡게 되었기 때문이다.

이어지는 몇 년 동안 내가 체득한 지식을 기반으로 작업하는 동시에, 시대를 앞서가기 위해 새로운 능력을 계속해서 얻으려고 노력했다. 프로들에게서 계속해서 배우려는 노력의 일환으로 나는 L.A.에 열린 작가 로버트 맥키Robert McKee의 호평 일색인 세미나에 참석했다. 그리고 그 시간은 내 인생에서 보낸 최고의 30시간이 되었다. 3일 동안 진행된 행사에서 그는 참석자들에게 마케팅과 영화 제작, 다양한 형태의 소통 방식에 적용되는 스토리텔링의 핵심과 구조, 스타일, 요소에 관해 설명해주었다. 또한 '이미지 시스템'이라는 전략을 설명했는데, 이건 영화 제작에서 자주 활용되는 것이기도 하다. 그는 자신의 책 〈Story: 시나리오 어떻게 쓸 것인가〉에서 더 구체적으로 설명했다.

> 이미지 시스템은 모티프 전략이라고도 하며, 영화 전체에 내제되어 지속적으로 또는 크게 변주되어 나타나는 시각이나 청각적 이미지를 말한다.
> 또한 미적 감정의 깊이와 복잡성을 증가시키기 위해 매우 섬세하게 작동하는 잠재의식적 의사소통을 뜻한다.

이를 보여주기 위해 그는 수업의 마지막 10시간 동안 〈카사블랑카〉와 〈다이아볼릭〉 같은 영화에 이미지 시스템이 어떻게 사용되었는지를 예시로 보여주었다. 그는 영화의 모든 신scene을 설명해주었고, 반복적으로 등장하여 감상자에게 무의식적으로 톤을 느끼게 하는 특정한 이미지나 모양을 분석해주었다. 더 구체적으로 〈카사블랑카〉는 '감옥'을 이미지 시스템으로 사용한다. 자세히 보면 이 영화 내내 감옥 창살과 스포트라이트, 줄무늬 옷, 가시철사 그림자가 등장하는데, 이 건 전쟁의 한복판에 주인공이 갇혀 있다는 주제를 무의식적 으로 투영하기 위한 장치다.

로버트는 각본 분석에 관해서도 설명해주었는데, 이걸 통 해 우리는 각본에서 3쪽마다 어떠한 종류의 농담이나 노래, 낭만적인 순간, 갈등이 등장한다는 걸 알게 되었다. 각각의 요소는 의도적으로 배치되어, 25퍼센트는 로맨스, 25퍼센트 는 코미디, 25퍼센트는 음악, 그리고 25퍼센트는 갈등으로 영 화가 채워졌다.

이 세미나는 내가 영화를 이해하는 데 아주 중요한 역할을 했고, 한 번으로는 아쉬워서 다시 30시간을 추가로 들었다. 그리고 몇 년 뒤에도 세 번째로 듣기 위해 돌아갔고, 연예계 여러 분야의 안과 밖을 알면 알수록, **모든** 직업에는 과학적 요소들이 자리한다는 사실을 더 잘 알 수 있었다.

그러면서 나는, 모든 효과적인 소통에는 심리학이 필요하 다는 사실을 깨우쳤던 뉴욕 매디슨 애비뉴의 광고대행사에 서 일할 당시가 떠올랐다. 이를테면 가장 효과적인 광고는 화 면에 큼지막한 대문자 글씨와 함께 베이스나 바리톤 같은 저 음의 목소리를 사용해서 시청자가 동시에 보고 들을 수 있게 하는 것이었다.

이에는 과학적인 배경이 있는데, 인간의 뇌는 무의식적으로 들리는 것에 10퍼센트를 할애하고, 보이는 것에 30퍼센트를 할애하기 때문이다. 그러므로 청각과 시각적 요소를 동시에 내면 자연스럽게 시청자의 집중도 40퍼센트를 확보할 수 있게 되는 것이다. 즉, 시청자는 알아차리지도 못하는 사이 광고주가 전달하려는 메시지를 받아들이게 된다. 광고주가 전략적인 선택을 한다는 건 잘 알려진 일이지만, 광고 뒤에 이처럼 심리학적인 요소가 자리한다는 건 놀라운 일이다.

이러한 창의적인 선택이 의도적으로 시청자들에게 심리적인 자극을 주기 위해서 만들어졌다는 점은, 효과적인 창작자가 되기 위해서 내가 일하고 있는 분야를 완전하게 이해하는 것이 필요하다는 사실을 인지시켜주었다.

내게 가장 즐거운 일은 내가 습득한 지식을 내 창작에 적용하는 것인데, 내가 하는 일의 원리를 이해하고 나면 나의 예술성을 격상시킬 수 있기 때문이다. 앞서 말했듯이, 무언가를 깨뜨리기 위해서는 그것의 법칙을 이해해야 하는 법이다.

이것의 가장 좋은 예는 1996년, L.A.의 도로시 챈들러 파빌리온에서 열린 오스카 시상식의 방송을 제작했었을 때의 일이다. 행사의 호스트였던 우피 골드버그Whoopi Goldberg가 음향효과상 부문을 발표하기 전에, 나는 음향효과의 중요성을 강조하고, 어떻게 영화가 생동감 있게 만들어지는 지를 관객들에게 보여주고자 했다.

그것을 **보여주기** 위해 나는 타악기 연주자 루크 크레스웰

Luke Cresswell, 그리고 그와 함께 댄스 타악 그룹 스톰프Stomp를 공동 창단한 스티브 맥니콜라스Steve McNicholas에게 무대 배경에 무성 영화의 릴이 돌아가는 장면에 맞춰 나오는 실황 음향효과를 위한 댄서들의 안무를 짜달라고 했다. 가령, 문이 닫히거나 차가 경적을 울리거나, 혹은 화면에서 무언가 소리가 나는 장면에 마이크가 연결된 안무가의 신발을 통해 음향효과를 내는 것이다. 이는 영화 제작에서 음향효과가 얼마나 중요한지를 관객에게 음향적으로 그리고 시각적으로 보여줄 수 있는 아름다운 안무였다.

또한, 주제가상 부문에선 발표자였던 안젤라 바셋Angela Bassett과 로런스 피시번Laurence Fishburne이 후보 명단을 읽는 것이 아닌, 아카펠라 그룹 테이크 식스Take 6가 나와 일종의 주제가 형태로 후보 명단을 **노래하게** 했다. 명단에서 이름을 하나씩 호명하는 게 아니라 말이다.

거기서 멈추지 않았다. 나는 신장 218cm의 카림 압둘 자바 Kareem Abdul-Jabbar와 174cm의 성룡이 나와 단편영화상 수상작을 발표하게 했는데, 이 둘의 신장 차이는 해당 부문에 대한 시각적 인상을 더욱 강하게 주는 효과를 냈다. 또한 카림과 성룡이 무대에서 내내 자신들의 신장 차이를 언급하는 코믹한 상황으로 딱딱함을 풀어주는 역할도 했다. 성룡의 키에 맞춰진 마이크 스탠드에 말하기 위해 카림은 계속해서 몸을 숙여야 했는데, 세상에, 그건 정말 웃겼다. 스톰프에서 테이크 식스를 거쳐 카림과 성룡까지 모든 건 영혼과 과학의 의도적인 조화였다.

2018년에 나온 넷플릭스 다큐멘터리 〈퀸시 존스의 음악과 삶〉에서 보여준 것처럼, 나는 2016년에 워싱턴 D.C.의 국립 흑인역사문화박물관의 개관식을 감독하고, 영상을 제작해달라는 요청을 받았다. 그 행사에서 내가 가장 마음에 들었던 부분은 다큐멘터리의 37분 15초에 톰 행크스Tom Hanks가 박물관에 전시된 터스키기 에어맨Tuskegee Airmen(제2차 세계대전 당시 활약했던 흑인 비행대원)들을 소개하는 장면이었다.

단순히 그 박물관의 전시품을 차례로 보여주는 것이 아닌, 톰이 직접 터스키기 에어맨의 역사에 대해 준비한 아름다운 헌사를 낭독하게 했을 뿐 아니라, 터스키기 에어맨의 생존자 일곱 명을 무대에 올려 관객들을 놀라게 했다. 그들이 무대로 걸어 나올 때 웨스트 포인트 글리 클럽West Point Glee Club이 노래한 「America the Beautiful」이 나왔으며, 지금은 고인이 된 콜린 파월Colin Powell 장군이 직접 멤버 개개인과 악수했다. 그 자리의 모두가 눈물을 흘릴만큼 대단히 감동적인 순간이었다. 이 행사는 2020년에 ABC 방송국을 통해 재방영되었고, 그해 여름에 인종차별과 관련해 불편함을 겪었던 사람들에게 희망의 메시지를 전달했다. 많은 시청자들이 터스키기 에어맨 부분에서 자신들이 느낀 감정에 대해 호평을 했다.

이 행사의 모든 요소는, 깊은 감성 전반을 자극할 수 있도록 섬세하게 계획된 것들이었다. 비록 이 박물관의 역사에 초점을 맞추기는 했지만, 그 목적은 우리에게 힘을 주는 이야기들을 논리적으로 조화시켜 관객들에게 영감을 주는 것이었다. 나는 공동제작자인 돈 미셔Don Mischer, 그리고 우리 내부 팀원들과 함께 1년 넘게 제작에 참여했다. 모든 화면전환과 스토리의 고조, 세트 디자인은 모두 목적을 가지고 만들어졌고, 제 자리에 위치시켰다는 사실을 우리 **모두가** 증명할 수 있다.

당시에 이렇게 해냈고, 이후에도 해낸 사람으로서 말한다. 관객들의 무의식에 침투해 오랫동안 마음속에 지속되는 예술을 만들고 싶다면, 영혼과 과학을 조화시켜야 한다. 그것도 아주 제대로 해야 한다!

영화음악 작곡가로서 나는, 내 좌뇌가 어떤 작업이든 수행해낼 수 있도록 영화 제작과 작곡의 모든 요소를 공부했다. 영화음악은 영혼과 과학이 추상적인 조화를 이룰 수 있도록 만들어야 하기에, 작곡할 때 다양한 측면을 고려해야 한다. 이런 작곡에서 심리학은 전적으로 주관적이며 대단히 사적이지만, 음악과 화면을 맞추는 동기화 작업은 모두 과학적이다. 그것은 내가 공부해야 했던, 그리고 여전히 공부하고 있는 부분이다.

제작자로서 나는 시작부터 실행과 완료까지 모든 단계를 통제할 수 있어야 했다. 더 나아가 스튜디오에서는 제작자로서의 자신감을 얻기 위해서 음악적 능력이 충분해야 하며, 조직과 관계에서 오는 모든 요구를 다스릴 수 있어야 했다.

이는 당신이 생각할 수 있는 어떤 직업에든 적용될 수 있으며, 한 분야에서 배웠던 것은 대개 다른 분야에서도 사용할 수 있다. 좌뇌를 연마하는 과정은 처음에는 굉장히 어려울 수 있지만, 시간이 지남에 따라 근육을 단련하는 것처럼 점차 단단해진다. 다른 것과 마찬가지로 좌뇌 능력을 갈고 닦을수록 당신이 하는 일은 쉬워진다. 의도된 훈련은 발전으로 이어지며, 그런 과정 없이는 결과물을 가질 수 없다.

이런 말을 하다보면 늘 앨리샤 키스Alicia Keys가 소녀였던 시절을 떠올리게 된다. 그녀의 어머니는 딸이 가수가 되기 위해 필요한 조언을 내게 부탁했었다. 나는 앨리샤에게 가장 좋아하는 아티스트 열다섯 명의 노래를 CD에 구워 가져와서 모든 음과 뉘앙스가 완벽해질 때까지 따라 부르라고 했다. 내가 이런 말을 했던 이유는 프로들과 함께 공부하고 연습하는 건 실제로 무대에 오르기 전에 위대한 가수가 되는 게 어떤 것인지를 느끼게 하기 때문이다.

아레사 프랭클린Aretha Franklin이나 휘트니 휴스턴Whitney Houston 같은 가수들과 같이 노래할 수 있다면, 누구와도 함께 노래할 수 있다. 앨리샤가 현재 이룬 성공의 수준을 비춰 보았을 때, 그녀는 분명 자신의 좌뇌를 연마한 것이 분명해 보인다!

인간 뇌의 역할에 관해 생각해보면, 이건 마치 우리가 소프트웨어를 가동해서 다양한 일을 처리할 수 있거나, 아니면 그냥 방치할 수도 있는 컴퓨터를 받은 것 같다는 생각이 든다. 어떻게 사용할 것인지는 전적으로 개개인에게 달려 있다. 하지만 당신의 노력을 얼마나 투입하는지에 따라 결과물의 품질이 달라진다는 사실을 빨리 알수록, 당신의 창의적 잠재력이 더 빨리 개방될 것이다.

요즘에 나는 스도쿠나 십자말풀이 책 없이 집을 나서는 일이 없다. 그것들을 매일 같이 풂으로써 머리를 예민하게 유지할 수 있기 때문이다. 내 주변 사람들은 내가 퍼즐에 젬병인 걸 알고 있지만 말이다! 어찌 되었든, 옛 격언 그대로다. "쓰지 않으면 잃는다."

결국 이런 것이다. 위대한 음악가가 되고 싶다면, 음악의 작동 원리를 이해하고 그것을 토대로 발전시키는 걸 멈추지 말아라. 화성법, 대위법, 라이트모티프(뮤지컬이나 문학적 작곡에서 특정 인물·사상·상황과 관련된 반복되는 테마), 멜로디를 구성하는 법, 그리고 꼭 관현악을 공부하라. 음악과 관련된 것이라면 뭐든지 배워라! 당신이 추구하고 싶은 관심 있는 음악과 관련된 모든 것, 그리고 다른 모든 음악에 관한 것도 흡수하듯 배워라. 그것들은 모두 연결되어 있다.

같은 맥락에서 만약 당신이 세계 최고의 제빵사가 되고 싶다면 사람들이 빵의 재료로 사용한 모든 것과 그것들이 어떤 방식을 통해 최종 결과물을 만드는지에 대한 모든 걸 알아야 한다. 각 재료가 어떻게 상호작용을 하는지는 과학이며, 자유롭게 제빵을 하기에 앞서 무엇이 잘 섞이고 무엇이 잘 어우러지지 않는지를 알아야 한다.

자유로움은 제약 속에 존재한다는 사실을 늘 명심하길 바란다. 규칙을 깨기 위해서는 그걸 먼저 알아야 한다. 나는 지금의 나이가 되어서도 언제나 과학과 영혼의 조화를 만들 준비가 되어 있다. 그리고 이는 내가 그 균형을 맞추기 위해 노력을 해왔기 때문이다.

모든 게 하룻밤 만에 이뤄질 거라고 기대할 순 없다. 전문가가 되고 싶다면 당신이 하는 일을 360도로 이해하고 365일 해야 한다. 당신이 영화음악 작곡가든, 회사의 예비 중역이든, 여전히 하고 싶은 일을 찾고 있든 간에, 당신이 하려는 것의 원리에 깊이 뛰어들어 도전하길 바란다. 그럼으로써 당신이 만들 결과물이 달라질 거라고 나는 확신한다. 지식은 어떠한 악영향도 끼친 적이 없으며 앞으로도 그럴 일은 없다! 그러므로, 내가 하는 말을 진심으로 받아들이길 바란다. 좌뇌를 연마하라!

Music consists of two parts,
soul and science.

음악은 두 개의 부분, 영혼과 과학으로 이루어져 있다.

Note

분석에 마비되지 마라

지금까지 좌뇌 연마의 중요성에 관해, 정말 많은 얘기를 했지만 오해하지 않기를 바란다. 과학, **그리고** 영혼 사이에는 균형이 잡혀있어야 한다. 그렇지 않다면 당신은 '분석의 마비'라는 함정에 빠질지도 모른다. 다른 말로, 자신만의 세계의 생각과 논리에 갇히게 된다면 결국 자신의 예술마저도 질식시킬 것이다. 작곡과 창작에 있어 벽을 마주했을 때에 대해 얘기할 수 있는 사람이 내가 유일한 것은 아니지만, 이 업계에서 진짜 중요한 건 얼마나 빨리 그것에서 탈출하는 법을 찾느냐다.

내가 이 업계에서 이렇게나 오랫동안 생존할 수 있었던 건, 내가 나만의 탈출 방식을 깨우쳤기 때문이다. 창작에는 한 가지 방법만이 존재하지 않는다. 하지만 그 중에서 한 가지만을 얘기해야 한다면 이걸 언급할 것이다. 나는 당신에게 자신 있게 말할 수 있다. 이걸 깨우치는 것이 당신이 다음 작업을 잡을지, 잃을지를 결정지을 것이다.

혼자서 자신의 문제에서 벗어난다는 것은 마치 추상적인 방법처럼 들릴지도 모르겠지만, 생각보다 간단하다. 내적인 판단 없이 자유롭게 창작할 수 있는 위치로 가는 것이 그 첫 걸음이다.

예를 들자면, 내가 처음 영화음악을 작곡했을 때 내가 가장 먼저 한 작업은 내 머릿속을 헤집고 다니던 불필요한 생각을 떨쳐내는 것이었다. 스스로 쓸모없다고 여기는 내면의 느낌, 그리고 나의 실력이 충분하지 않다고 말하는 외부의 말이 내게 불필요한 것들이었다. 진실을 제외한 모든 것이 완전히 머릿속에서 사라질 때까지 나는 그것들을 계속해서 떨쳐내야 했다.

그 진실은 내 영혼, 그리고 그 영혼이 전달하고자 하는 메시지였다. 경험해본 바로는, 자신의 직관과 감정을 억누른 상태에서 무언가를 쓰거나 만들 수 없다. 진실된 것을 만들기 위해서는 진실 안으로 깊게 들어가야 한다.

나는 다양한 방식을 통해 내 문제로부터 벗어나는 법을 깨우쳤고, 그것을 4개로 정리해보았다. 이것이 당신이 창의력을 다듬어가는 데 도움이 되기를 바란다.

1. 스스로를 한정하지 않을 것

2. 자신의 직관에 귀를 기울일 것

3. 소름 테스트 The Goosebump Test

4. 훌륭한 곡과 이야기

명백히 말하겠다. 스스로를 한정하지 말 것. 다른 말로 설명할 수가 없다. 의심의 여지없이, 내가 만약 세상이 내게서 기대한 만큼 스스로를 한정했다면 나는 절대로 제작자나 작곡가, 예술가, 편곡가, 지휘자, 연주자, 음반사 간부, 방송사 소유주, 잡지사 설립자, 멀티미디어 사업가, 인도주의자, 그리고 가장 중요하게, 한명의 아버지가 되지 못했을 것이다.

통계에 의하면, 내 불우한 유년 시절 환경으로 인해 나는 저 여러 직함 중 **하나**만을 성취했거나, 심지어는 10대를 넘기지 못했을 것이라고 한다. 사실, 나이를 먹으면 먹을수록 사회는 당신이 할 수 있는 일을 더욱 제한한다. 하지만 스스로 성장할 수 있도록 한다면, 당신은 그러한 한계선을 뛰어넘을 수 있을 것이다.

사랑하는 나의 형제이자 음악가 레이 찰스로부터 알 수 있었듯, 창의성에도 같은 법칙이 적용된다. 내가 14살이었을 때 그는 16살이었고, 그는 내게 브라유 점자로 악보 읽는 법을 알려주면서 반복적으로 말했다. "모든 음악 장르에 순수하고 진심으로 대해." 그리고 나는 실제로도 그렇게 했다. 나는 모든 스타일의 음악을 존중해오며 성장했으며, 내가 연주할 수 있는 음악과 연주할 수 없는 음악을 구분하는 것과 같이 스스로를 제한하는 행동을 하지 않았다.

레이와 나는 특정한 장르를 생각하면서 곡을 만든 적이 없다. 우리는 우리의 마음이 가는 방향으로 음악을 만들었을 뿐이고, 재즈 음악가로서 어떤 것을 연주해야 한다는 생각도 딱히 하지 않았다. 로큰롤부터 리듬 앤 블루스, 비밥, 팝, 힙합까지 이뤄지는 명칭들은 우리의 창의적 과정을 위한 것이 아닌 최종 결과물들을 구분하기 위한 것으로 바라봤다. 이러한 생각은 내 후기 활동에도 도움이 되었다.

업계 사람들이 나에게 "팔려 갔다"는 말을 하면서 팝 음악을 위해 나의 재즈적 능력을 갖다 바쳤다고 했을 때 나는 웃을 수밖에 없었다. 그들은 내가 어린 시절부터 온갖 종류의 음악에 능통했다는 걸 알지 못했다(여러 동네를 돌며 나는 바르 미츠바와 클럽에서 했던 연주들을 포함해서 말이다). 그래서 그런 말이 귀에 들리면 나는 이렇게 말할 뿐이었다. "당신이야말로 무언가 팔아치울 거라도 찾아두고, 그걸 어떻게 팔 수 있는지를 알아야 할 걸!"

1973년에 나는 나의 재즈 우상 중 한 명이었던 듀크 엘링턴을 위해 내가 기획한, CBS 방송국의 TV 스페셜 〈듀크 엘링턴… 우리는 당신을 미친 듯이 사랑해요Duke Ellington… We Love You Madly〉를 제작하는 영광을 누렸다. 방송에는 아레사 프랭클린, 레이 찰스, 새미 데이비스 주니어, 로버타 플랙Robert Flack, 카운트 베이시 등이 출연했다. 이 방송은 "세상에는 두 가지 종류의 음악만이 존재한다. 좋은 음악, 그리고 그 나머지"라던 듀크의 철학을 담고 있었다.

이 방송의 제작을 마쳤을 때, 듀크는 내 인생에서 가장 값진 물건이 된 무언가를 전해주었다. 그의 서명이 담긴 사진에는 이렇게 쓰여 있었다. "미국의 음악을 탈범주화할 인물, 큐에게." 나는 마음 깊이 이 말을 새겼고, 늘 그렇게 이행하려고 노력했다. 결과적으로, 내 성공에 이 마음가짐은 꼭 필요했던 것이었다. 여러 장르의 간극을 좁히려는 노력을 통해 통상적으로 가능한 것이라고 여겨졌던 것을 거부할 수 있게 되었기 때문이다.

나는 절대로 하나의 길만을 걷지 않았다. 하나의 길을 끝에 도달하면, 바로 옆의 길로 옮겨탔다. 나는 다른 음악가들에게 평소라면 함께할 생각조차 할 수 없는 예술가들에게 합작을 권유하여 나와 같은 방식을 할 수 있도록 했다.

이러한 장르를 뛰어넘는 사운드는 내 1989년 앨범 [Back on the Block]에서 들을 수 있다. 세라 본과 엘라 피츠제럴드 Ella Fitzgerald 같은 재즈의 여왕들과 아이스티Ice-T, 쿨 모 디Kool Moe Dee, 멜리 멜Melle Mel 같은 래퍼들을 함께하게 했다. 그리고 나는 사실상 거의 모든 내 작업물에서 그렇게 해왔다.

레이와 듀크가 내게 선사한 (장르의 구분에서 벗어나게 한)

변화는 내가 하는 모든 일에 스며들은 것 같은 기분이 든다. 내가 이걸 시도한 가장 최근의 건, 나의 예약주문형 비디오 SVoD, Subscription Video on Demand 플랫폼인 퀘스트 TVQwest TV 다. 이 플랫폼은 온갖 장르의 음악 애호가들이 새로운 음악 세계를 경험할 수 있는 곳이다. 각각의 채널은 장르가 아닌 음악을 통해 시청자들을 이끌고, 독특한 방법을 통해 감상자의 시야를 넓혀준다. 이건 쉽게 말해 좋은 것을 나누고, 전 세계 사람들이 서로의 마음과 정신을 공유할 수 있도록 하는 것이다.

음악과 그것을 다루는 문화가 자연스럽게 발전하기 위해서는 비평가들이 음악가들을 유형에 따라 구분하는 것을 멈추고, 음악을 있는 그대로 평가해야 한다. 그렇지 않는다면 이런 과도한 구분법에 의해 음악가들이 자신들의 잠재력의 최대치를 활용하는 것을 제한받을 것이다. 왜냐하면 이런 것은 음악가들로 하여금 규정의 벽에 가로막혀 늘 하던 대로만 하게 되는 방식에 갇히게 만들기 때문이다.

음악가들은 자신의 길을 걸으라는 말을 너무나 많이 들은 나머지, 자기 분야의 다양한 측면을 살펴볼 엄두조차 내지 못하게 되었다. 동시에 예술가들은 자신의 예술을 직접 만들어야 하며, 모종의 제약이 자신들의 미래를 규정하게 내버려 둬서는 안 된다. 나는 어떤 음악이든 연주해도 괜찮은 정도가 아니라, 오히려 그것을 원동력으로 삼아야 한다는 것을 활동 초기에 배울 수 있었으니 굉장히 운이 좋았던 것이다.

나는 음악적, 그리고 개인적 능력에 대한 넓은 시야를 가진 것이 내 성취에 중요한 역할을 했다는 것을 확신한다. 그 덕분에 나는 내 안에 잠재된 모든 창의력을 발휘할 수 있었다. 가장 중요하게도 그것은 내 잠재력을 제한하는 것을 방지했고, 그렇게 내 길을 걸을 수 있게 되었다.

그러므로, 자신을 제한하지 말길 바란다. 아울러, 다른 사람들도 당신에게 제약을 걸게 하지 말아라.

내가 분석에 마비되는 함정에 빠지지 않는 데 크게 도움이 되었던 두 번째 방법은, 내면의 직감을 믿는 것이었다. 누군가 내게 "우리의 직관을 어떻게 알 수 있나요?"라고 물어보면 나는 작가 말콤 글래드웰Malcolm Gladwell의 말로 대답을 대신한다.

글쎄요, 우리는 그걸 진지하게 받아들여야 할 필요가 있습니다. 그건 대단히 좋을 수도 있고, 또는 안 좋을 수도 있으며 우리에게 끔찍한 결과로 인도할 수도 있습니다. 하지만 모든 결과에서 우리는 그것들을 진지하게 받아들여야 할 의무가 있으며, 그것들이 자신들의 역할을 하고 있다는 걸 인정해야 합니다. 실수로 그것을 떨쳐내게 할 수 있죠.

그의 탁월한 저서 〈블링크〉에는 더 깊이 있는 말이 담겨 있다.

통찰력이라는 건 우리의 머릿속에서 불을 끌 수 있는 전구가 아
닙니다. 콧바람에도 쉽게 꺼질 수 있는 깜빡이는 양초죠.

이건 정말로 완벽한 비유다. 우리가 가진 최고의 영감이 대
단히 멋지고 크게 들릴 거란 생각과 달리, 현실에선 대부분의
경우 속삭임 정도에 가깝기 때문에, 우리는 그걸 쉽게 흘려
버리곤 한다. 이것이 의식보다는 무의식을 활용하는 것에 집
중해야 하는 핵심적인 이유다. 무의식은 직관, 그리고 그러한
속삭임들에 귀 기울일 수 있는 능력을 이끄는 부분이다.

인간은 깨어있을 때 '알파' 또는 '베타' 상태로 작동한다는
건 과학적으로 증명된 사실이다. 이 말인즉슨 인간의 뇌는 언
제나 편안하거나 쉬는 상태(알파) 또는 대단히 활동적인 상태
(베타) 중 한 가지의 상태에 있다는 것이다. 이를 비추어 보았
을 때 나는 '작가의 벽'이란 상태를 믿지 않는다. 벽 앞에서 발
버둥칠 것이 아니라, 오히려 알파 상태로 옮겨 가서 마음이
자신에게 하는 말을 들어야 한다.

그렇게 하면 당신은 의식을 진정시키고, 스스로에 대한 평
가 없이 맑은 정신으로 무의식에 빠져들 수 있다. 혹시 아이
들이 왜 거리낌 없이 자신들의 생각을 말할 수 있는 것인지
생각해본 적 있는가? 그건 아이들의 뇌파가 알파 주파수에

맞춰져 있기 때문이다!

나의 오랜 친구이자 작곡가 레너드 번스타인은 그와 자신의 작곡 파트너인 스티븐 손드하임Stephen Sondheim은 명작 뮤지컬 〈웨스트 사이드 스토리West Side Story〉를 완전한 알파 상태에서 만들었다고 말했다. 그는 소파에 편하게 다리를 꼬고 앉아 있었는데, 잠들기 직전 상태까지 가서야 곡을 만들기 시작했다고 밝혔다. 그리고 나도 그것을 시도해 본 바, 이런 방식이 통한다는 걸 확인했다. 엄청난 양의 곡을 만들어야 하거나, 막힌 상태에서 벗어나야 할 때, 나는 땅바닥에 누워 발을 침대에 올린 상태로 나의 오선지와 연필을 언제든 쓸 수 있는 자리에 둔다. 그러다 충분히 휴식하여 알파 상태에 빠질 정도가 되었을 때, 그때 느껴지는 걸 쓴다.

알파 상태에 빠지는 다양한 방법에 관한 연구가 있지만, 내가 하나 확실히 말할 수 있는 것은 나는 그 방식으로만 작곡한다는 점이다. 이것이 얼마나 효과적인지 알게 되어서, 다른 방법을 택할 수가 없는 것이다!

나와 같이 작업한 동료들이 이렇게 말하는 걸 들은 적이 있다. "스튜디오에서 퀸시는 머리를 손에 괴곤 그냥 앉아 있어요." 그들은 내가 그 상태로 창작 활동 깊게 들어가 있다는 사실은 몰랐다. 그리고 내가 다른 음악가들을 위해 제작할 땐 나는, 음악가들이 녹음하면서 너무 많은 생각을 하지 않도록 그들이 졸려할 늦은 밤에 녹음 일정을 잡도록 했다. 그렇게 하면 예외 없이 음악가들은 인지하지도 못한 채 알파 상태로 빠지자마자 최고의 연주를 선보이곤 했다.

알프레드 뉴먼Alfred Newman은 늘 이렇게 말하곤 했다, "악보와 연필을 늘 가까이 둬야 한다. 그렇지 않으면 하나님은 영감을 길 건너편에 있는 헨리 맨시니Henry Mancini에게 갖다 줄 테니!"

그러니 이런 속삭임이 들리면 귀를 기울이고 잘 받아 적어야 한다. 알파 상태에 빠진 뒤에 잠에 빠졌던 날은 내게 영원히 잊지 못할 경험으로 남았다. 잠들고 약 네 시간 정도가 지나고 깨서 악보를 보니 열 페이지 분량이 이미 작곡되어 있었던 것이다! 이런 창작법은 결과물을 많이 만들어내는 데 큰 도움을 주었는데, 그건 내 안에서 자연스럽게 나온 것을 막지 않았기 때문이었다.

나는 우리가 더 큰 힘의 터미널이라고 믿고, 창의력이란 당신을 통해 만들어지는 것이지 당신에게서 나오는 게 아니라고 믿는다. 개개인의 믿음과는 별개로, 우리를 통해 나오려는 것에 마음을 열어놓지 않는다면, 우리는 속삭임을 듣지 못할 위험에 빠질 것이다.

나의 두 멘토이자 작곡가 빅터 영Victor Young과 알프레드 뉴먼에게서 배웠듯, "일단 적고 페이지를 넘길 것. 그리고 뒤돌아보지 말 것." 이건 알파 상태에서의 창작에서 굉장히 중요한 측면인데, 왜냐하면 이건 무의식이 당신에게 전달하려는 것을 방해하지 않는 행동이기 때문이다. 이걸 시작하는 게 어려울 수 있지만, 과도하게 많은 생각을 하지 않고 일단 시작해야 한다. 설령 그것이 하나의 단어든, 아니면 어떤 도형이되었든 말이다.

음악을 업으로 삼기 전에 나는 미술을 포함한 다양한 예술 형태를 탐구했는데, 그럴 때면 늘 목탄화로 시작하곤 했다. 최종 결과물이 어떻게 생겼는지를 구상하지 않은 상태에서도 나는 아주 기본적인 형태나 윤곽을 그렸다. 그리고 거기에 수채화 물감을 칠하고, 최종적으로 유화 물감으로 칠했다.

음악을 할 때도 마찬가지였다. 이것은 최종적인 결과물에 대해서만 집착하는 것으로부터 벗어나게 해주었다. 나는 대신 나의 직감을 따랐고, 그것을 기본적인 형태와 소리로 변화시켰다. 그러곤 그 위에 다이내믹과 색감, 밀도 등을 더해갔다. 그렇게 스케치 혹은 곡의 형태가 잡혀가면, 그 위에 유화 물감을 칠했다.

창의성이란 당신의 느낌의 발현이지, 생각의 발현이 아니다. 그리고 그러한 느낌에 동화되는 법을 배우고 나면, 앞으로 등장할 수많은 방해 요소를 돌파할 수 있게 된다. 나는 커리어 내내 언제나 내 직관에 의존했다. 그렇지 않았다면 이처럼 오랜 세월에도 사랑을 받는 예술을 탄생시킬 수 없었을 거란 것도 알게 되었다.

말이 행동보다 쉽다는 걸 안다. 하지만 내가 당신에게 다음으로 소개할 방법은 의심의 여지없이 최고의 방법이다. 그 방법은 바로 '소름 테스트'다.

만약 내가 만들고 있는 음악이 날 소름을 돋게 만든다면, 높은 확률로 이 세계에 있는 그 누군가에게도 소름을 돋게 할 것이다. 하지만 자신을 전혀 감동하게 하지 않거나 다른 사람의 반응만을 기대하면서 하고 있는 것이라면, 영원히 평범한 수준에서 벗어날 수 없을 것이다. 그렇게 해선 되지 않는다. 엄청난 판매고를 기록한 것이든 그렇지 못한 것이든 나는 모든 작업을 최고의 음악을 만들겠다는 열망으로 시작했다. 그리고 그 음악이란 나의 마음과 영혼을 어루만지는 음악이다.

음악, 그리고 예술 전반은 알 수 없는 짐승 같은 것이다. 볼 수 없고, 맛볼 수 없고, 만질 수 없으며, 냄새를 맡을 수도 없지만, 그것을 느낄 수는 있다. 최종 결과물이 어떨지, 혹은 사람들이 그것에 어떻게 반응할지는 알 수 없다. 하지만 어떤 곡이 나를 소름 돋게 하는지는 알 수 있다.

대중들이 원하는 결과물을 만들어야 한다는 **판단**에 갇혀버리는 건, 당신의 창의성을 앗아갈 뿐이다. 비평가들의 평가나 감상자의 반응을 신경 쓴다면 나는 그 어떤 프로젝트도 시작할 수 없었을 것이고 지금도 그렇다. 그러한 태도는, 훨씬 더 강력하고 직관적인 영감인 직관을 뭉개버릴 뿐이기 때문이다.

다만, 협력하는 프로젝트 또는 피드백을 받는 것과는 헷갈

리지 않길 바란다. 그것들은 무척 유용하다. 내가 말하는 경우는 당신이 일을 시작하기도 전에 외부의 의견이 당신의 창작 과정을 관통해버리는 경우를 말하는 것이다. 그렇게 되면 소름 테스트를 할 수 조차 없게 된다.

음악, 영화, 시 등 분야에 상관없이 나를 진심으로 감동하게 하는 것은 매번 소름을 돋게 한다.

반대로 내가 느끼지 못하는 것에 대해서는, 굳이 말하지 않는다. 나는 재즈계에서 음악을 시작하면서 이러한 능력을 얻게 된 것이라고 믿는데, 재즈가 즉흥성에서 비롯하기 때문이라고 생각한다. 재즈는 즉흥적으로 창조하는 능력을 요구하는 빠른 속도의 예술 형태이며, 두 번 생각할 여지를 주지 않는다. 그리고 이건 완벽하게 느낌으로 만들어진다.

이런 기반은 나와 잘 맞았다. 내 최고의 작품 중 일부도 사실 시간에 쫓기며 만들어졌다. C장에서 언급했던 「Soul Bossa Nova」를 기억하는가? 이것은 〈오스틴 파워〉 시리즈의 테마곡이 된 곡인데, 나는 그 곡을 20분 만에 작곡했다.

긴 시간을 두고 작업에 임하는 건 사치다. 과도한 생각을 할 여지가 생길 수 있기 때문에 분석의 마비에 빠지는 온상이 될 수도 있다. 장기적으로 보았을 때도 소름 테스트는 시간을 아껴주며, 당신의 예술이 의도하지 않았던 방향으로 가는 것도 예방해준다. 만약 당신의 결과물에 스스로 무언가를 느끼지 못한다면, 장담하는데 그 누구도 느끼지 못할 것이다.

같은 맥락에서, 다른 사람들이 무얼 바라는지에 대한 의식에 얽매이는 것도 경계해야 한다. 그 과정에서 우리는 자신의 방식에서 벗어나는 방법을 배우는 데 있어 가장 중요한 요소를 망각하게 되는데, 그 요소는 바로 훌륭한 노래와 스토리다. 지금 말하려는 네 번째이자 마지막 방법은 절대 고칠 수 없는 걸 수정하려고 했던 나를 구해줬었다.

자세히 얘기하자면, 위대한 노래는 형편없는 가수를 전 세계적인 스타로 만들 수 있지만, 형편없는 노래는 세상에서 가장 훌륭한 가수 세 명으로도 살릴 수 없다. 만약 훌륭한 노래나 스토리가 없다면 시간을 허비할 이유가 없다.

기술 발전으로 인해 현재의 가수들이 곡을 다듬거나 유행을 따라가기 위해 변형시키는 것은 훨씬 쉬워졌다. 하지만 명곡들은 어느 시대에서든 명곡이 된다. 어떤 종류의 루프라든지, 비트, 라임, 후크를 더하는지는 중요하지 않다. 별로인 곡은 그 기본적인 토대마저도 별로이기 때문이다.

그렇다면 곡의 어떤 면이 그렇게 특별한 것이고, 그걸 부른 가수보다도 더 오랫동안 사랑받을 수 있는 것인가? 무엇으로 상징적인 곡이 되는가? 위대한 곡을 만드는 하나의 방법이란 없다. 그런 게 있다면 모두가 그 방법을 따를 테니 말이다. 위대한 곡들은 공통적으로 연결성이라는 분명한 성격과 성질을 가지고 있다. 완전한 연결성 말이다.

예를 들자면, 레슬리 고어의 1964년 싱글 「You Don't Own

Me」가 있다. 이 곡은 내가 머큐리 레코드에서 일하고 있을 당시에 내가 준비하고 제작한 영광을 누린 곡이기도 하다. 빌보드 차트 2위에까지 올랐지만, 1위를 달성하지 못한 점에 불만을 가질 수 없었던 건 그 자리를 비틀스The Beatles의 미국에서의 첫 히트곡 「I Want to Hold Your Hand」가 차지하고 있었기 때문이다. 「You Don't Own Me」는 13주 동안 빌보드 핫100 차트를 지켰고, 여성의 지위를 강화시키는 앤섬으로 자리 잡았다. 나는 이 곡이 그런 대우를 받게 될지 몰랐다. 하지만 처음 들었을 때 소름이 돋았던 것은 분명하다.

또한 이 곡의 가사를 보면, 인종의 경계와 전통적인 성 역할, 노래의 생명 주기를 초월하는 대단히 강렬하고 공감대를 형성하는 메시지를 담고 있다. 몇 줄만 살펴봐도 알 수 있다. 여기에는 질문이 없다. 선언만이 있을 뿐이다.

난 당신의 소유물이 아니야
당신의 많은 장난감 중 예쁜 하나가 아니야
난 당신의 소유물이 아니야
다른 사람과 만나지 말라고 하지마

이때까지 여성 가수가 부르던 곡들과 달리, 이 곡은 남성의 허락을 구하지 않는다. 오히려 이 곡은, 17살의 레슬리와 음악업계에 만연하던 여성혐오를 향해 충분히 분노할 수 있었던 작곡가 데이비드 화이트David White와 존 마다라John Madara 의 중대한 합작이었다.

기록에 의하면, 데이비드와 존은 "1960년대 초에 여성 가수 들이 남성들을 동경하는 내용의 노래들만을 불러야했던 것 에 역겨움을 느꼈고, 남성에게 호통을 치는 여성에 관한 노래 를 만들기로 결심했다"라고 말했다. 존은 필라델피아의 다인 종 동네에서 자란 유년기, 그리고 그의 시민권 운동 참여가 이 곡의 뼈대가 되었다고 덧붙였다. 역사적으로 여성에게 허 락된 내용에 억지로 꿰맞추기보다는, 그들은 인권의 핵심에 집중했다. 바로, 평등하게 대우받고 싶은 갈망이었다.

비록 여성의 시야로 설정되긴 했지만, 전하고자 하는 메시 지는 누구에게나 적용될 수 있다. 이것은 인간의 깊은 감정에 서 탄생한 자립의 선언으로서, 감상자에게도 같은 감정을 느 끼도록 유발한다.

음향적으로 보면 이 곡은 단조로 시작하지만, 코러스와 함 께 장조로 전조한다. 청취자가 듣는 모든 건 레슬리가 말하는 것이다. 가사의 강렬함은 의도된 화음들에 의해 강화되고, 그 녀가 코러스에서 승리와 쟁취를 말할 때 노래는 같은 느낌으 로 메아리친다.

위대한 곡에는 놀라움, 영감, 탄력, 가사와 유니즌Unison으 로 움직이는 화음들의 요소가 있다. 우리의 귀는 빠르게 적응 하는데, 보통 곡이 정적으로 진행될 때 변화가 생기지 않으면 금세 지루하게 느껴진다. 테마가 통일성이 있는 곡은 무의식을 자극해 음향적으로, 그리고 문맥적으로 즐겁게 한다.

곡의 가사와 1960년대에 시작해 1970년대까지 이어진 여성인권운동, 그리고 1950년대와 1960년대에서 이어진 시민권 운동의 상관관계를 고려하면, 곡의 발표 시기도 곡의 성적에 굉장히 중요하게 작용했다. 이 곡은 마치 스스로의 삶을 만들어가는 듯 했다. 라디오 방송에서 시작하여, 입소문을 탔고, 거리 집회에서 틀어졌으며, 그 이후에는 내가 어딜 가든 이 노래가 들렸다. 여성 지위를 위한 앤섬이 되었고, "내게 이래라저래라 하지 마라. 내가 뭐라 말하든 상관하지 마라"라고 외치고 싶은 사람들에게도 상징적인 노래가 되었다.

그리고 이 기세는 1960년대 이후에도 계속 되었다.

2015년, 나의 공동제작자 파커 이길레Parker Ighile와 나는 그레이스Grace라는 전도유망한 아티스트와 이 곡을 재녹음했다. 래퍼 지이지G-Eazy가 참여한 현대적인 버전이었는데, 2016년에 플래티넘 등급을 달성했고, DC의 〈수어사이드 스쿼드Suicide Squad〉 예고편 음악으로도 사용되었다.

이 글을 쓰고 있는 시점인 2018년에도 이 곡은 디지털 스트리밍 플랫폼에서 10억 회가 넘는 조회수를 기록하고 있다. 이 곡은 완전히 한 바퀴를 돌아온 순간을 맞이했다. 레슬리처럼 그레이스가 이 곡을 녹음했을 때 17살이었기 때문이다. 나는 원곡의 메시지가 새로운 세대를 위해 다시 이야기되어야 한다고 생각했었고, 이 판단은 틀리지 않았다.

1960년대와 1970년대 여성 인권 운동 시대에 여성 자립권의 상징곡으로 시작해, 미투#MeToo 운동의 최정점에 다시 생명력을 얻기까지, 이 곡은 공감대 형성을 통해 영향력을 이어갔다. 심지어는 1963년과 2015년의 녹음들은 다양한 형태로 사람들을 대변했다. 이 곡은 강렬한 메시지를 가지고 있었기에 개인의 경험보다 커다란 운동들과 결부되었다.

1996년 코미디 영화 〈조강지처 클럽The First Wives Club〉의 상징적인 장면에서 골디 혼Goldie Hawn, 다이안 키튼Diane Keaton, 벳 미들러Bette Midler가 이 곡을 노래했다. 그리고 2018년 〈엘런 드제너러스 쇼The Ellen DeGeneres Show〉에서 아리아나 그란데Ariana Grande는 자신의 첫 히트 싱글 「thank u, next」를 최초 공개했었는데, 여기에서 그녀는 「You Don't Own Me」에서의 힘을 돋우는 메시지와 오마주의 의미를 담아 〈조강지처 클럽〉에서의 퍼포먼스를 그대로 재해석해서 선보이기도 했다. 또 2018년 여성 출연진만 참여했던 〈새터데이 나이트 라이브 Saturday Night Live〉 방송에서 배우 제시카 차스테인Jessica Chastain이 '여성의 행진'의 저녁에 이 노래를 불렀다. 인종과 성별, 세대와 상관없이 이 곡은 다시 한번 사람들에게 공감대를 불러일으켰고, 이 곡이 **언제** 쓰였는지는 중요하지 않다는 것을 증명했다. 이 곡의 메시지는 거의 50년이 지난 시점에도 여전히 중요하고 유효했다.

가장 중요한 것은 곡을 위해 재녹음하거나 추가 요소를 더해 제작하는 것보다, 곡 자체에 기억에 남고 강렬하게 남는, 분명한 성격과 성질을 부여하는 것이다.

핵심은 이것이다. 온종일 예술에 무엇을 더할지를 구상하는 것은 누구나 할 수 있다. 하지만 거기에 탄탄한 토대가 없다면, 곧 허물어질 무언가를 쌓는 꼴이 될 것이다. 진실한 마음에서 자연스럽게 비롯된 것이 아닌, 사람들이 좋아할 거라고 당신이 **판단**한 것을 만든다면, 당신은 감상자와 진정으로 공감대를 형성할 기회를 놓치게 될 뿐이다.

그러므로, 당신이 무슨 말을 들었고 당신이 어떤 사람이라는 말을 들었든, 스스로를 한계 짓지 말길 바란다. 자신의 직관에 귀를 기울이고, 훌륭한 곡과 스토리를 만들 때까지 모든 걸 연구하길 바란다. 즉, 자연스럽게 다가올 것을 위해 길을 만들어주란 말이다.

나는 커리어의 시작부터 이런 규칙들을 지켜왔고, 창작을 멈출 때까지 이 규칙을 따를 것이다. 최상의 상태는 의식이 스스로 판단할 여지를 주지 않고 흐름을 타는 것이다. 지금은 이런 이야기가 말이 안 되는 것 같더라도, 잘 숙지하길 바란다! 때때로 자신을 가로막는 가장 큰 벽은 자기 자신이다. 그러니 스스로를 그만 검열하고, **흐르게** 내버려 둬라!

Note

저평가 당하는 데서 나오는 힘

D#장의 이야기가 당신의 창작에 도움이 되었으면 좋겠다. 하지만 아직 자유로운 창작을 가로막는 모든 장애물을 살펴본 건 아니다. 이번 장에서는 당신이 통제할 수 없는 상황에 놓인 주요한 요소를 살펴볼 것이다. 그건 바로 다른 사람들의 의견이다.

비판론자들은 내가 나의 목표를 이루기에 충분히 능력이 있지 않다고, 또는 충분히 머리가 좋지 않다고 반복적으로 말하곤 했다. 하지만 나는 저평가 당하는 것에서 나오는 힘에 관해 알고 있었다. 당신에 대한 고평가는 당신의 주변에 걸리적거리며 방해가 되지만 저평가는 길을 가로막지 않는다.

가령, 만약 사람들이 당신에게 큰 기대를 건다면, 당신의 작업은 실패하지 않으려는 압박감 때문에 방해받을 것이다. 만약 당신에 대한 기대치가 낮거나 아예 없는 상황이라면 당신은 불편한 과정 없이 자유롭게 자신의 일을 수행할 수 있을 것이다. 내가 부적격하고 가격이 없다는 말들을 넘어서고 나자, 스스로가 부족하다던 생각은 내가 앞으로 나아갈 수 있는 원동력으로 바뀌었다. 이 과정은 내가 성공을 이루는 동안 셀 수도 없이 많이 일어났다.

업계의 주축들에게 위협적인 인물로 보이는 것 대신, 나는 상업적 성공의 가능성이 전혀 없는 언더독 따위로 비치곤 했다. 저평가되는 건 사실 최고의 위치라고 할 수 있는데, 기대치를 쉽게 충족시킬 수 있을 뿐 아니라, 그것을 쉽게 뛰어넘을 수도 있기 때문이다. 이런 깨달음은 내게 굉장한 도움이 되었다. 내가 부족하다는 생각을 하는 대신, 내게 설정된 기준치를 뛰어넘을 수 있는 상황에 있다고 생각할 수 있게 해주었기 때문이다.

제대로 준비하지 못한 예술가가 활동 초기에 너무나 높은 평가를 받고, 안 좋은 결과로 끝나는 걸 우리는 수없이 봐왔다. 한번 생각해보자. 원히트 원더One-hit wonder●들이 왜 원히트 원더로 불리는지에 관해 생각해본 적이 있는가? 첫 작품 이후에 예술가에게 주어진 막대하게 높은 기대감 속에서 그

●　　단 하나의 엄청난 히트를 기록하고 사라져버린 예술가를 의미한다.

에 맞먹거나 그것을 뛰어넘는 작품을 영영 만들어내지 못하기 때문이다. 그러니 처음부터 높은 기준을 따라잡으려는 것보다는 바닥에서부터 하나씩 쌓아가는 게 언제나 더 낫다.

가장 중요하게도, 저평가를 받는 건 자존감을 지키는 데 도움을 준다. 이른 시기에 많은 관심을 받거나 찬사를 받으면 오만하게 변할 수 있다. 자만심이 느껴지는 행동은 스스로를 한심하게 보이게 만들 뿐이다.

같은 이유로, 절대로 과한 약속을 하거나, 부족한 결과물을 제공해선 안 된다. 비평가들에겐 적정한 수준을 내놓는 것보다 놀라움을 선사하는 것이 언제나 더 낫다. 절대로 스스로를 '최고'라고 떠벌리지 마라. 왜냐하면 당신의 말이 아니라 당신의 결과물이 그걸 증명하기 때문이다. 명성을 좇는 대신 무명 시절이나 예상치 못한 위대함의 순간에 기대고 다음 도전을 계획하고 준비하라. 대개 주목을 가장 못 받는 시기에 방해 요소가 되는 타인의 평가 없이 가장 또렷한 시야를 확보할 수 있다.

당신에 대한 타인의 평가가 당신을 덮어서는 안 된다. 사람들의 평가에 너무나 많은 신경을 쓰는 건 오히려 가장 빠르게 실패하는 길이다. 외부의 인정만을 바라게 되면 자신의 내면을 채우지 못하고 텅텅 비기 때문이다. 정말로 의미 없는 짓이다. 일정한 수준의 성공을 거둔 뒤엔 부정적인 평가가 사라질 거라고 생각할 수 있겠지만, 장담하건대 성공 이후에 그런 반응은 더욱 거세진다. 나는 너무 어리다고 저평가되었었고, 이후에는 너무나 나이가 많다고 저평가되었다. 이 평가는 끝나지 않고 순환한다. 다른 사람들의 **기대에 따라** 살 것인지, 당신이 **살아야 하는** 삶을 살 건지를 결정하는 건 전적으로 당신의 몫이다.

내가 저평가되는 데서 오는 힘을 발견한 순간은 정말 많지만, 그중 가장 상징적인 순간은 마이클 잭슨과 작업했을 때였다. 나는 그의 제작자로서 3장의 앨범 [Off the Wall], [Thriller], [Bad]를 만들었다. 내가 만약 세간의 부정적인 평가에 휘둘렸다면 음악의 역사는 달려졌을 것이다.

너무 일찍 스스로를 과시하는 것은, 자신을 한심하게 보이게 만들 뿐이다. 그러므로 내가 지금 이야기할 일화에서 당신이 무엇을 배울지는 당신이 직접 선택하게 하겠다.

1960년대 후반, 나는 영화음악 작업으로 완전히 지쳐 있는 상태였다. 35개의 작품을 했고, 성공과 실패를 모두 경험했다. 대부분의 작곡가는 한 해에 하나 또는 두 개의 작품을 하지만, 나는 그렇지 않았다. 나는 한 해에 무려 8개의 작품을 했다! 나는 감당할 수 없는 속도로 작업을 했다. 하루에 3시간만 잤고, 잠에서 깨기 위해 손목에 찬 물을 흐르게 하며 작업했던 기억이 난다. 그리고 당시 졸리 말고도 아이가 세 명(레이첼Rachel, 티나Tina, 퀸시 존스 3세Quincy Jones III, 이하 QD III)이 더 있었으니, 육아로 인해 작업할 시간이 그리 많지도 않았다.

그와 동시에, 할리우드 먹이사슬 체계에서 영화음악 작곡가(특히 흑인 영화음악 작곡가)는 가장 밑바닥에 있었고, 언제든 다른 작곡가로 교체될 수 있었다. 당시 업계에서 내 가치는 가느다란 줄에 매달린 것처럼 느껴졌다. 언제라도 내 자리를 잃을 수 있었다.

이런 상황에서 무엇보다도 나는, 영화를 위한 작곡의 엄격함에서 벗어나고 싶었다. 음반 업계로 돌아가고 싶었고, 내 이름을 내걸고 앨범을 만들고 싶었다. 또한 다른 음악가를 위해 앨범을 제작하고 싶었고, 부드럽게 진행되는 창작 환경을 조성하고 싶었다. 마감에 쫓기는 것에서 자유로워지고 싶었다. 쉽게 말해 내게 소름을 돋게 만드는 걸 만들고 싶었다.

1969년 나는 크리드 테일러Creed Taylor의 음반사인 임펄스 레코드Impulse! Records와 계약을 체결했다. A&M 레코드가 유통을 맡았고, 초기 재즈 퓨전 앨범 중 하나였던 [Walking in Space]라든지 [Gula Matari], [Body Heat], 브라더스 존슨The Brothers Johnson과 함께했던 많은 프로젝트를 포함해 나는 1970년대에 많은 앨범을 제작했다.

1970년대 후반에 시드니 루멧는 내게 자신이 새롭게 만드는 영화 〈마법사The Wiz〉의 음악 제작자이자 책임자로 함께 할 것을 제안했고, 그렇게 나는 다시 영화계로 돌아갔다. 그 일이 엄청 매력적이진 않았지만, 시드니가 내 첫 영화음악 작업이었던 1964년의 〈전당포〉에서 도움을 주었었기에 거절할 수가 없었다.

나는 마이클 잭슨이 고작 12살에 불과했던 때에 만난 적이 있었지만 마이클 잭슨이 〈마법사〉에서 허수아비 역을 맡음으로써 우리는 처음으로 공식적인 합작을 하게 되었다. 리허설을 시작했을 때 마이클은 에픽 레코드Epic Records에서 개인 앨범을 준비하고 있었고, 내게 좋은 제작자를 구하는 데 도움을 달라고 했다. 나는 당시에 〈마법사〉의 프리 프로덕션 작업으로 일정이 가득 찬 상태였기 때문에 그의 요청에 도움을 주는 건 생각조차 할 수 없었다.

그러다 리허설을 거듭하면서 나는 그의 엄청난 재능과 더불어, 이때껏 본 적 없는 수준의 직업의식을 확인하게 되었다. 어떤 상황에서도 그는 준비된 상태였다. 그는 모든 안무와 동작, 대사와 가사가 완벽해지도록 철저하게 했고, 심지어는 모든 주연들의 대사까지도 외우고 있었다.

한 장면에서 그는 자신의 밀짚 가슴팍에서 작은 종이 쪼가리를 꺼내는 연기를 지시받았다. 그 종이에는 유명한 철학자들의 명언들이 적혀 있었는데, 그가 계속해서 소크라테스의 이름을 잘못해서 발음했다. 소크라테스의 이름을 "소우-크레이-티스"라고 3일 동안 잘못 발음했음에도 누구도 지적하지 않았다. 휴식 시간에 나는 그에게 가서 속삭였다. "마이클, 입에 완전히 붙기 전에 그의 이름을 '소크-라-테스'라고 발음해야 한다는 걸 알아야 할 것 같아."

극도로 겸손한 태도로 그는 말했다. "정말이에요?"

두 번 생각할 겨를도 없이 나는 그에게 말했다. "너의 새로운 앨범을 내가 한번 제작해보고 싶어." 프로 의식과 재능보다도, 평가를 받아들이는 능력에서 나는 그가 함께 작업하고 싶은 유형의 예술가라는 사실을 알 수 있었다. 그는 내 제안을 승낙했다.

이후에 마이클은 소속 음반사 에픽 레코드에 나를 앨범 제작자로 삼겠다고 전하자 그쪽 A&R 대표는 이렇게 말했다. "절대 안 돼. 그는 너무 재즈적이야. 그는 브라더스 존슨과만 작업을 했지. 그는 재즈 편곡가이자 작곡가야."

그건 내가 그동안 접한 반응과 같았다. 그들은 내 음악적 배경이 얼마나 넓은지 알지 못했고, 마이클에게 케니 갬블Kenny Gamble과 레온 허프Leon Huff가 제작을 맡아야 한다고 말했다. 결국 마이클은 매니저인 프레디 데만Freddy DeMann과 론 와이즈너Ron Weisner와 함께 에픽 레코드로 찾아가 내가 그의 앨범을 제작해야 한다고 요구했다. 음반사는 크게 실망하곤 승낙은 했지만, 내게 별다른 기대를 걸지는 않았다. 그리고 그들은 승인을 했을 뿐이지 그다지 협조적이지 않았다.

그러나 그 시점에 그런 것들은 내게 별로 중요하지 않았다. 내가 더 이상 그들의 통제 아래에 있지 않았기 때문이었다. 나는 그들의 낮은 기대치를 충족하거나 그걸 가뿐히 뛰어넘거나, 둘 중 하나는 반드시 해낼 거란 걸 알았다. 내 주요 역

량 수준에 대한 그들의 회의적인 반응에 관해 덧붙이자면, 그
들은 성인이 된 마이클이 자신의 형제 없이 솔로로 성공할 수
있을지에 의문을 가졌었다.

물론 나도 잭슨 파이브The Jackson 5 시절의 그를 알고 있었
다. 하지만 나는 그를 도와 그가 갇혀 있던 과거의 모습에서
탈출하게 하고 싶었다. 댄스 음악을 넘어, 그의 음악이 얼마
나 멀리까지 확장할 수 있는지를 보고 싶었다. 그 시기에 나
는 그가 아카데미 시상식에서 쥐에 관한 노래인 「Ben」(영화
〈벤Ben〉의 음악)을 노래하는 걸 봤는데, 나는 그 곡이 그와 어
울리지 않는다는 걸 눈치챘다.

무엇보다 나는 그의 예술성을 발전시키는 데 도움을 주어
그가 음악적으로 도달할 수 있는 최대치까지, 어떠한 제약 없
이 파고들 수 있도록 하고 싶었다. 그에게는 필요한 모든 재
능과 욕심이 있었고 늘 철저히 준비했기에, 약간의 지도만 필
요했다. 나는 모든 각도에서 그의 창의성을 시험해봤고, 그의
예술성이 성장할 수 있도록 내가 수년 동안 배워온 모든 것을
적용했다.

이를테면 단3도만큼 키를 내려서 그가 좀 더 자유롭게 노
래할 수 있게 하고, 자신의 고음역과 저음역에서 한층 더 성
숙한 소리를 낼 수 있게 했다. 곡의 템포를 바꿔 보기도 했다.
알앤비와 디스코 리듬, 최고의 편곡, 그리고 당연히 그의 음
성이 조화를 이루는 팝 앨범을 만드려고 했다. 나는 내가 '킬

러 큐 패거리Killer Q Posse'라고 부르는 이들을 소집했다. 역사상 최고의 작곡가인 로드 템퍼튼Rod Temperton, 엔지니어들의 엔지니어인 브루스 스웨디엔Bruce Swedien, 엄청난 기량의 건반 연주자인 그레그 필린게인즈Greg Phillinganes, 괴물 트럼펫 연주자이자 편곡가인 제리 헤이Jerry Hey, 브라더스 존슨의 막내인 루이스 존슨Louis Johnson, 루퍼스Rufus의 드러머인 존 로빈슨John Robinson, 브라질 출신의 타악기 연주자인 파울리뇨 다 코스타Paulinho Da Costa 등 수많은 음악 천재를 모았다.

이 앨범이 성공할 가능성을 예측하는 건 불가능했지만, 우리는 다 함께 앨범의 모든 수록곡과 세밀한 부분에 우리가 할 수 있는 것의 110%를 쏟아냈다. 마이클에게서 이전과 다른 수준의 깊이와 감정을 끌어내기 위해 나는 스티비 원더Stevie Wonder의 「I Can't Help It」, 폴 매카트니Paul McCartney의 「Girlfriend」, 톰 발러Tom Bahler의 「She's Out of My Life」(원래 이 곡은 프랭크 시나트라에게 줄 것이었다!), 로드 템퍼튼의 「Rock with You」를 준비했다. 그리고 「Don't Stop 'Til You Get Enough」를 빼놓을 수 없을 것이다. 마이클은 거의 모든 노래를 라이브로 했고, 오버더빙Overdubbing하지 않았다. 그 결과물인 앨범 [Off the Wall]은 수천만 장이 팔렸다.

이 앨범은 흑인 가수의 역대 가장 많이 팔린 앨범이 되었다. 이 앨범을 두고 어떻게 너무 '재즈적'이라고 말할 수 있겠는가? 아이러니하게도 에픽 레코드는 정리 해고를 할 예정이었는데, [Off the Wall]의 대성공 덕분에 '퀸시는 부적격한 사람'이라고 주장했었던 수많은 비관론자는 자신들의 일자리를 지킬 수 있었다. 더불어 이 앨범은 미국에서 최초로 톱텐 히트곡을 네 곡이나 배출한 앨범이 되었다. [Off the Wall]의 성과로 마이클과 나는 [Thriller](글을 쓰고 있는 현재까지도 가장 많이 팔린 앨범이다)와 [Bad]를 작업할 수 있었다.

이러한 일련의 경험으로, 나는 사람들이 언제나 다른 누군가의 자격에 관해 왈가왈부할 것이라는 사실에 대해 더욱 확신을 갖게 되었다. 정작 중요한 건 당신이 그걸 어떻게 이용할지다. 다른 사람들의 말에 과도하게 신경을 쓰다가는 본격적으로 작업을 시작하기도 전에 실패의 길에 빠지게 될 것이다.

당신은 실패함으로써 그들의 회의를 만족시켜줄 수 있고, 혹은 스스로 도전을 이겨냄으로써 당신의 창의성을 옥죄고 있는 제약을 떨쳐낼 수 있다. 나는 **지금도** 이러한 교훈을 스스로에게 되뇐다. 왜냐하면 [Off the Wall]과 [Thriller], [Bad]를 성공시킨 이후에도 나를 향한 과소평가가 계속되었기 때문이다. 정확히 말하자면, 저 앨범들을 듣는 사람들이 많아짐에 따라 나를 향한 평가도 많아졌다.

하지만 이제는 능력이 아니라 내 나이 때문에 저평가를 받는다. 사람들은 왕왕 내게 언제쯤 은퇴할지를 묻는데, 나는 늘 이렇게 답한다. "난 이제 시작했어요. 은퇴retired라고요? 그 단어에서 're'를 빼면 '지치다tired'가 되죠. 전 아직 지치지 않았어요."

자리를 뜨지 않으면 돌아올 일도 없어진다. 내가 계획하고 있는 것이 바로 그것이다. 은퇴가 잘못되었다는 것은 아니다. 특히나 수십 년 동안의 노고를 생각하면 더욱 그렇다. 하지만 내게 나이로 인한 은퇴는 고려 대상이 아닐 뿐이다. 나는 내 나이가 내 능력을 좌우한다고 믿지 않는다. 오히려 나이를 먹으면서 더 많은 걸 배우고 있으며, 내 일과 음악과 삶에 더 많이 전념하고 싶어졌다.

나는 거의 모든 사업적 시도에서 저평가되는 걸 계속해서 인정했다. 그럼으로써 나와 내 팀인 QJP가 가장 편한 위치를 점할 수 있었기 때문이다. 예를 들자면, 우리 팀은 아주 재능 있는 예술가들을 (내 생각엔 최고 중의 최고다) 관리하는데, 그들이 너무나 '재즈적'이라는 말, 또는 어떠한 기회를 얻기에 너무 '유명하지' 않다는 말을 수도 없이 들어 왔다.

글쎄, 다음과 같은 성공에도 그런 말을 할 수 있을까? 제이콥 콜리어Jacob Collier는 그래미 시상식에서 5번 수상했고, 올해의 앨범상을 포함해 9번 후보에 올랐다. 너무나 재즈적인 것에 대해 어떻게 생각하는가? 장담하건대 이 녀석들은 **진짜 배기**다. 알프레도 로드리게스Alfredo Rodríguez, 애셔 옐로ASHER YELO, 더티 룹스Dirty Loops, 엘리 테플린Eli Teplin, 에릭 디 아키텍트Erick the Architect, 조나 닐슨Jonah Nilsson, 저스틴 카우플린

Justin Kauflin, 칸야Kanya, 마로Maro, 맥클레니McClenney, 뮤직 박스Music Box, 리처드 보나Richard Bona, 셜레이아Sheléa, 예티 비츠Yeti Beats를 비롯한 예술가들을 말하는 거다.

이들은 하나 같이 어디를 가든, 무엇을 하든 놀랄 만한 결과물을 만들어낸다. 내 웹사이트 quincyjones.com에 있는 이들에 관한 글을 읽어보면 내가 무슨 말을 하는 건지 정확히 이해할 수 있을 것이다. 나는 이들이 너무나 자랑스럽고, 당당하게 식구라고 말할 수 있다. 이들은 진정으로 노력한다는 게 무슨 의미인지를 정확히 알고 있기 때문이다. 우리의 일원이 되기 위해서는 좌뇌와 우뇌를 잘 쓸 줄 알아야 하고, 이들은 모두 그렇게 하고 있다.

QJP 프로젝트들의 일환으로 우리는 유망한 제품과 파트너십을 일궈냈는데, 여기에는 피아노 교육 개발사인 플레이그라운드 세션스Playground Sessions가 포함된다. 지난 2012년에 이 회사의 설립자이자 CEO인 크리스 밴스Chris Vance를 알게 된 이후, 나는 그가 사람들에게 피아노를 연주하는 즐거움을 깨우치게 해주는 회사를 공동 설립할 수 있도록 도와주었다. 사람들에게 자신의 음악을 직접 연주하는 경험을 제공하는 어플리케이션 기술보다 더 긍정적인 걸 나로서는 상상할 수 없다. 전 세계의 사람 중 85퍼센트 가까이가 피아노를 배우고 싶어 하지만, 안타깝게도 전통적인 교육 방식은 대부분 실패로 끝나기 마련이었다.

우리는 투자자들을 만나 그들에게 기술과 게임화, 빅데이터가 하나로 융합하여 대중에게 피아노를 재밌게, 또 쉽게 배울 수 있게 할 수 있다고 이야기했지만 우리는 계속 거절당했다. 이용자가 매력을 느낄 만큼 제품 사용이 즐겁고 쉽게 만들 수 없을 것이라는 게 다수의 의견이었다. 심지어는 교육자들도 반대했고, 집에서 스스로 해서는 피아노를 제대로 배울 수 없을 거라고 단호하게 말했다.

초기 비관론자들의 반응과 반대로 플레이그라운드 세션스는 넘버원, 업계 최고 등급의 피아노 교육 툴이다. 10억 개가 넘는 음들이 우리의 플랫폼에서 연주되었고, 우리의 학생들의 90퍼센트 이상이 성과를 만끽하고 있다.

우리가 만든 것은 단순히 최고의 제품이 아니었다. 실제 수업 이후, 개인 시간에도 학생들에게 동기를 부여했다. 이런 효과 덕분에 많은 피아노 선생님들은 플레이그라운드 세션스가 학생들에게 훌륭한 보조적인 툴이라고 평가하기도 했다. 우리는 우리가 큰 도움을 주는 앱을 만들었다고, 뿌듯하게 이야기할 수 있다.

격리 및 외출을 자제해야 했던 코로나19 팬데믹 기간 동안 많은 이들이 음악으로 고개를 돌렸다는 건 분명하다. 악기는 화장지처럼 불티나게 팔려나갔고, 플레이그라운드 세션스는 음악을 배우고 싶은 전 세계의 사람들을 도울 준비가 되어 있었다. 이 앱은 음악이 지닌 치유의 힘을 곧바로 보여주었다.

나는 이처럼 세상의 사람들과 공유하고 싶은 제품을 만들기 위해 부단히 노력한 플레이그라운드 세션스의 전체 팀원이 대단히 자랑스럽다.

가장 중요한 건, 이 앱을 통해 우리는 사람들에게 1억 회가 넘게 수업을 제공했다는 것이다. 과거에 내가 시애틀의 레크리에이션 센터에서 피아노를 발견했던 건 내 삶을 살린 일이었고, 다른 사람들에게도 이런 선물과 같은 순간을 선사할 수 있다는 사실은 나를 벅차게 한다.

나는 소프트웨어 개발 외에도 다른 영역에서도 시도를 계속했다. 비평가들은 한 영역에서 평가한 이를 다른 영역에서도 볼 거라고 예상하지 못하기 때문에, 다음은 어디를 향할 것인지는 전략적인 선택이기도 하다. 내가 제작을 하기에 너무 나이가 많다는 말이 나오자, 나는 TV 스페셜 제작으로 그들에게 한 방을 먹였다.

농담이 아니라, 나는 여전히 창작할 수 있음에 감사하다. 지난 몇 년 동안 나와 내 팀은 TV 스페셜 〈테이킹 더 스테이지Taking the Stage〉, 국립흑인역사문화박물관의 개관식, 브로드 박물관에서 진행한 공연인 〈전국적인 경축을 위한 소울Soul of a National Celebration〉, 뉴욕의 허드슨 야드에 위치한 더 쉐드에서 열린 5일짜리 행사의 오프닝을 비롯한 여러 대형 행사를 제작했다.

행사를 제작하지 않을 때 우리는 두바이의 팔라초 바르사

체 호텔에 있는 큐스 바 앤 라운지Q's Bar and Lounge에 재능 있
는 음악가들의 공연을 기획했다. 그것도 하지 않을 때에는 예
술가들이 발전할 수 있도록 우리는 다양한 방면으로 도움을
주었고, 재능 있는 음악가들이 스위스의 역사적인 (그리고 내
가 가장 좋아하는) 몽트뢰 재즈 페스티벌에 설 수 있도록 했으
며, 하만과 JBL 같은 가전제품 회사에서 새로운 제품 라인을
만들었고, 〈킵 온 키핑 온Keep On Keepin' On〉와 〈퀸시 존스의
음악과 삶〉 같이 상을 받은 영화를 만들었다. 우리가 '만능 예
능 회사'라고 불리는 건 그만한 이유가 있는 것이다! 우리가
하는 모든 선택은 전략적이다.

　보다 중요한 건, 우리는 언더독을 지지하는 사업을 하고 있
다는 것이다. 2011년에 이미 우리는 스포티파이Spotify의 초
기 투자에 참여했을 뿐만 아니라 알리바바Alibaba와 웨이페어
Wayfair, 우버Uber 등에도 투자했다. 우리는 앞에 놓인 것뿐 아
니라 보이지 않는 구석에 있는 것까지도 볼 수 있어야 한다.

　이런 원칙은 나에게만 적용되는 게 아니다. 애플Apple을 한
번 보라. 그들이 가전제품과 소프트웨어, 온라인 서비스 공간
을 점령하기 전에 그들은 업계에서 절대로 성공하지 못할 거
란 말을 수도 없이 들어야 했다.

　예시는 하루 종일 늘어놓을 수도 있다. 넷플릭스Netflix는 말
할 것도 없다. 그들은 코빼기도 보이지 않을 만큼 작았다. 블

록버스터Blockbuster ●는 업계에서 대단히 성공하고 있었고, 이러한 신출내기 회사가 시장 점유율을 차지하며 자신과 경쟁할 거라고 생각조차 하지 못했다. 심지어 블록버스터는 넷플릭스를 그대로 사버릴 수도 있었다.

하지만 블록버스터는 충만한 자만감 가득한 태도로 넷플릭스의 제안을 거부했고 업계에서 자신의 위치에 만족했다. 그리고 2010년이 되자 블록버스터는 파산했고, 넷플릭스는 시장을 완전히 장악했다. 느릿한 꾸준함은 결국 경주에서 이기게 하지만 자만감을 패배하게 한다.

만약 당신이 평가를 당하기보다 평가를 하는 쪽에 더 가깝다면 절대 함부로 아무나 무시하지 않기를 바란다. 만약 당신이 그들을 무시한다면 미래에 사과하는 편지를 들고 그들을 찾아가야 할 테니 말이다!

그리고 만약 당신이 평가를 받는 쪽이라면, 내가 그러했듯, 쓸쓸함을 느끼면서 맞서 싸울 필요가 없다는 사실을 알기를 바란다. 당신의 목표, 그리고 당신이 할 수 있는 것에 집중하라. 당신이 할 수 있는 복수는 그것이다. 당신의 피부색이든, 나이든, 장애든, 무엇이든, 사람들은 당신을 깎아내리기 위해 반드시 무언가를 찾아낼 것이다. 그건 막을 수 없다.

나 역시도 계속해서 앞으로 걸어 나갈 것이다. 나에 대한

●   DVD, 폰, 비디오 게임 등을 대여하면 전문 기업

부정적인 평가가 나를 규정하게 둘 수 없다. 88살을 넘긴 지금에도 나는 이제 막 시작하는 듯한 기분이 든다. 이제는 그만해야 할 때라는 말을 얼마나 많이 듣든 간에 말이다.

Note

남들이 시도하지 않은 걸 하라

저평가 받는 것으로부터 오는 힘을 배움으로써, 나는 상상할 수 있었던 것보다 많은 걸 이룰 수 있었고, 내가 기대했던 것보다 삶의 다양한 면을 볼 수 있었다. 하지만 이러한 깨달음이 내가 88세인 **지금까지도** 내가 새롭게 시작하는 듯한 느낌을 주는 건 아니다. 그보다 오히려 크게 꿈꾸는 것이 중요하다는 것을 알았기 때문이다.

조금 더 구체적으로 말하자면 나는 꿈을 완전히 달성해버리거나 목표를 이루기 위해 목표를 적당하게 설정하지 않는 것의 중요성을 알게 되었다. 이는 내가 자만해하지 않도록 방지했는데, 그렇지 않았다면 나는 60세가 되던 시점에 내가 갖고 있던 열망을 모두 성취해버리고 나선 더는 노력하지 않고 안주해버렸을 것이다. 하지만 내 나이와 함께, 내 꿈도 커졌기 때문에 나는 언제나 무언가를 갈망하고 있다. 포부를 키워야 한다는 건 굉장히 중요한 깨달음이었다. 덕분에 나는 오랫동안 동기 부여된 채 있을 수 있었고, 내가 이루고자 하는 모든 것을 시도할 수 있었다.

　나도 분명히 포기하고 싶었던 때가 있었지만, 내게 여전히 이룰 것이 있다고 자각하자 앞으로 다가올 미래에 대한 기대감을 가질 수 있었다. 나는 미래의 가능성을 앗아가게 하는 과거에 대해 만족하지 않으려 한다. 내게 안정적인 상태란, 중립적인 위치가 아니다. 오히려 그런 상태는 부정적인 영향을 끼치는데, 이는 오르막길의 중턱에서 오르는 탄력을 잃는 것과 같은 것이기 때문이다.

　그러므로 목표를 대담하게 설정하지 않고, 또 그것을 이루기 위해 노력하지 않는다면 자신이 무엇을 할 수 있는지를 영원히 알 수 없을 것이다. 이런 말이 있지 않나. "F 학점을 받을 것을 두려워하기만 한다면 영원히 A를 받을 수 없을 것이다."

　우리에게는 분명히 한계가 있다. 그런 이유로 우리는 시작부터 스스로에게 한계점을 설정하는 경향이 있다. 하지만 나는 내 자신에게 자유롭게 탐험할 수 있는 자유를 제공함으로써 미지의 아름다움을 깨달았다. 스스로를 거대한 꿈에 가둠으로써 나는 끊임없는 기회의 길을 걸어갈 수 있었다. "그렇게 하는 사람은 없어"라는 말을 들을 때마다 나는, 마치 먹이를 문 사자가 된 듯한 기분이 든다. 그런 말을 들으면 나는 즉 각 호기심이 발동하며 다음 도전을 위한 방향을 제시하고 싶 어진다. 그 과정에서 무엇을 발견할지는 알 수 없다. 하지만 스스로를 밀어붙일수록 자신에게서 더 놀라운 것을 찾게 된 다. 시작부터 모든 가능성을 차단한다면 시도를 하기도 전에 실패하게 되는 것이다.

내가 어떤 특별한 한 번의 계기로 꿈을 크게 꾸는 것에 대 한 깨우침을 얻은 것은 아니다. 열망이 점진적으로 축적되었 고, 그 결과로 나는 다른 방식으로는 이룰 수 없었던 것을 성 취하게 되었다. 사실, 이것을 통해 흑인으로서 처음으로 대형 음반사의 부사장이 되고, 아카데미 시상식에서 주제가상 후 보에 오르고, 같은 해에 최초로 아카데미 시상식의 주제가상 과 음악상 후보에 지명되고, 아카데미 시상식에서 최초의 흑 인 지휘자이자 음악감독을 맡은 것을 포함해 나는 수많은 최 초의 기록을 세울 수 있게 해주었다. 내 성취들을 열거하며 뽐내려는 게 아니다. 오히려 나는 최초라는 말에 감동받지 않 는데, 많은 경우 이는 **유일한** 경우란 뜻이기 때문이다.

진척의 지표가 될 수는 있다. 나의 경우에 그랬고, 특히 흑 인 사회에서 더욱더 그랬다. 하지만 이것이 **거기**에 도달했다 는 의미는 아니다. 이건 지금까지도 이어지고 있는 문제다. 더 정확히 말하자면, 앞서 말한 성취는 나 개인에 대한 것이 아니다. 나의 능력과 재능을 이용하여 공동체에 기여를 하는 것이다.

우리가 꿈을 꿀 수 있게 되면 전체를 위한 무한한 가능성이 펼쳐진다. 가령 마틴 루터 킹 주니어Martin Luther King Jr.의 꿈—모든 개인에게 동등한 권리가 주어져야 한다는 주장—은 한 개인의 꿈이 다른 사람들의 꿈과 불가분하게 연결되어 있다는 것을 생각할 수밖에 없게 한다. 마틴 루터 킹의 공동체에 대한 염원이 없었다면 우리는 개인으로서 상상할 수 있는 자유를 얻지 못했을 수도 있다.

내가 내 자신을 게임체인저로 보는 것은 아니지만, 핵심은 바로 그것이다. 다른 사람을 보면서 그들은 **할 수 있고** 나는 **할 수 없는**지를 정당화하는 건 쉬운 일이다. 이러한 심적 장벽을 무너뜨릴 수 있었던 사람의 가장 적합한 예는 위대한 넬슨 만델라Nelson Mandela다. 나는 그와 수년을 함께 했고, 심지어는 그의 남아프리카공화국 대통령 취임식에 미국 대표단 일원으로서 참석할 수 있는 영예를 누렸다.

그는 반복적으로 공동체 정신(우분투)라는 개념을 강조했다. 이건 줄루어 문구인 '우분투 응구문투 응가반투Umuntu ngumuntu ngabantu'에서 유래한 것인데, 쉽게 말해 집단은 언제나 개인보다 위대하다는 의미다. 앞서 언급했듯, 이건 '나, 나의, 나의 것'에 관한 것이 아닌 '우리, 우리의, 우리의 것'에 관한 것이다. 개인의 수준에서 변화를 이루려고 하면 우리는 결국 자신을 넘어선 다른 사람들에게도 변화를 야기한다.

예를 들면, 나는 맡은 일의 종류와 상관없이 늘 완벽을 추구하며 나아가며 여러 장벽을 깨는 영광을 누렸다. 이는 내가 C장에서 말했던 것보다 더 깊은 얘기이다. 이 세상은 당신의 능력과 재능을 필요로 한다. 당신이 적극적으로 나서지 않는다면 누가 해주겠는가? 스스로에게 꿈을 꾸고 이전에 이뤄내지 못한 것을 일궈낼 수 있도록 하는 것은, 다른 이들도 같은 길을 걸을 수 있게 한다.

한번 생각해보라. 누군가를 존경하며 스스로에게 이렇게 생각해본 적이 없었던가? "음, 그는 그 한계를 처음으로 깬 사람이니, 나도 그렇게 할 수 있지 않을까?" 관습적으로 닫혀 있던 문을 열 수 있는 기회가 주어졌을 때, 뒤에 따라오는 사람들도 함께 들어갈 수 있도록 문을 계속 잡고 있어 주는 것은 매우 중요하다. 이건 수많은 찬사로 자존감을 채우는 개인적인 성취가 아니라, 당신 앞에 펼쳐질 길을 계속해서 개척하는 공동체적 성취의 의미다.

1980년대 초, 아직 활짝 열려 있지 않은 문 중 하나는 힙합 세계의 문이었다. 주류 매체들은 지속적으로 이 음악이 지닌 폭력성을 강조하고 부각했지만, 힙합이 흑인 문화와 삶을 주목할 만한 방식으로 기념하는 것 중 하나라는 점은 도외시했다. 나는 힙합과 랩을 진지하게 믿고 지지한 사람이었고, 모든 힙합 아티스트를 '갱스터 랩'이라는 이름으로 규정할 수 없다는 것도 알았다. 힙합계에는 굉장한 능력을 지닌 엄청난 녀석들이 많았고, 그들은 자신들의 일상적인 삶을 음악으로 표현할 뿐이었음에도 앞서 말한 것과 같은 폭력과 관련된 맥락으로 몰리곤 했다.

알다시피 나는 다양한 랩 기술을 가지고 실험을 해왔다. (원래는) 아프리카의 예술에 관심을 가지기 시작했고, 나의 1975년 앨범 [Mellow Madness]는 그러한 관심에서 만들어졌다. 여기에는 시적인 랩 버스verse와 가사가 담겼고, 이를 펑크 리듬과 아프리카 타악기를 사용해 콜앤리스펀스call-and-response 구호로 편곡했다. 재즈와 스포큰워드spoken-word 퍼포먼스를 접목한 그룹인 와츠 프로페츠The Watts Prophets의 랩 노래인 「Beautiful Black Girl」도 여기에 수록됐다.

그리고 1977년에 나는 전설적인 작가 알렉스 헤일리Alex Haley의 소설이 원작인 아주 중대한 미니시리즈 〈뿌리Roots〉의 음악을 작곡하는 막대한 영광을 누렸다. 타악기적이고 전통적인 노래에 대한 연구와 함께 아프리카의 역사에 대해 엄청나게 탐구하기 시작했다. 나는 조상들에 대해 이야기해줄 수 있는 곡들을 작곡하기 시작했고, 케이퍼스 세메냐Caiphus Semenya와 레타 음불루Letta Mbulu 같은 남아프리카 공화국의 최고 중의 최고 음악가들을 기용했다.

대서양을 횡단하는 노예무역과 그 이후의 사건들에 관해 깊게 알게 되면서, 이 작곡 프로젝트는 나의 감정을 깊게 자극하게 됐다. 나의 뿌리와 나의 인종, 나의 음악에 대해 새롭게 알게 되는 건 나를 송두리째 탈바꿈하는 경험이고, 결과적으로 이는 내가 나의 역사와 문화에 관해 더 깊게 배우고 널리 알리고 싶게끔 만들었다.

B장에서 강조했듯, 랩은 임봉기와 그리오 같은 아프리카의 구전 역사가들로부터 유래했지만, 미국에 와서는 자신만의 독자적인 생명력을 얻게 됐다. 힙합은 거리 문화의 표현이 되었지만, 힙합은 여전히 아프리카의 생명력 넘치는 음악의 전통과 맥을 같이한다. 랩은 저임금 청소년들의 생명줄이 되었고, 예술가들은 사회 논평의 한 방식으로 랩을 이용하고 있다.

나는 지금까지 전 세계 곳곳을 수도 없이 오가며, 존재하는 거의 모든 종류의 음악을 접했지만, 1979년 힙합은 이전에 없던 방식으로 음악계를 점령했다. 슈거힐 갱Sugarhill Gang이 발표한 싱글 「Rapper's Delight」는 1,200만 장이 팔렸다. 독일이나 암스테르담, 덴마크 같은 곳을 방문했을 때 그곳의 아이들은 그 곡의 가사를 전부 외우고 있었다.

음악계 전반은 힙합이 생존하거나 인기 있는 스타일로 버틸 수 있을지에 제법 의구심을 가졌다. 나는 굳게 믿고 여러 인터뷰에서 랩은 계속해서 생존할 거라고 말했다. 우리는 그것을 받아들이거나, 쫓겨나거나 둘 중 하나일 거라고 말했다. 1980년대 후반에 가서 나는 이 문제에 관해 더 큰 목소리를 내게 되었는데, 이는 내가 1989년에 발표한 앨범 [Back on the

Block]에 드러난다. 이 앨범에서 아이스티, 멜리 멜, 빅 대디 케인Big Daddy Kane, 쿨 모 디 같은 당대의 래퍼들을 기용했다. 내가 D#장에서 이미 언급했듯 이건 여러 문화와 세대의 음악가들을 잇기 위해 만든 앨범이었다. 래퍼들을 포함해 이 앨범에는 엘라 피츠제럴드, 루더 밴드로스Luther Vandross, 레이 찰스 같은 음악가들이 참여했다. 위대한 음악을 만들려는 노력 뒤에 더 큰 의미가 있었던 것이다.

나는 새롭게 등장하려는 이들에게 재즈를 알려줘야 한다고 생각했다. 가장 중요한 건 우리의 모든 음악과 문화가 같은 뿌리에서 발화한 것이라는 걸 알아야 한다는 점이다. 그리고 나는 힙합이 그걸 수행할 도구라는 걸 알았다. 다양한 표현 방식 사이에는 단절이 존재했고, 나는 그 사이에 가교를 놓고 싶었다. 나는 조 자비눌Joe Zawinul의 명곡 「Birdland」의 새로운 버전에서 쿨 모 디와 빅 대디 케인을 통해, 디지 길레스피와 마일스 데이비스Miles Davis 같은 재즈 세대의 음악가들을 힙합 세대에게 알리고 싶었다.

우연하게도 그 시기에 나의 가까운 친구이자 타임 워너 합병의 숨은 공신인 천재 경영인 스티브 로스Steve Ross가 내게 함께 작업할 수 있는 프로젝트가 있을지 물었다. 나는 힙합계를 통합하는 방식으로, 이 음악이 지닌 힘을 의미 있게 강화하는 꿈을 오랫동안 품고 있었다. 그래서 나는 문제를 일으키거나 목숨을 잃는다는 식의 갱스터 랩에 대한 과장된 이미지를 미화하는 것이 아닌, 이 문화를 드러내기 위해 잡지사를 차려 흑인들에게 더 긍정적인 이야기를 전달하고자 했다. 그리고 얼마 지나지 않아 스티브, 타임 워너와 손을 잡아 우리는 1992년 〈바이브Vibe〉 잡지사를 설립했다.

우리는 창간호의 표지에 스눕 독Snoop Dogg을 내세웠고, 음악출판업계에서 힙합의 〈바이브〉는 록계에서 〈롤링 스톤〉과 같은 존재로 빠르게 자리 잡았다. 비평가들은 우리의 한계를 말하곤 했지만, 당시에 이 잡지는 미국에서 가장 많이 팔린 힙합 잡지였고, 우리는 무한한 가능성을 느낄 수 있었다.

우리 잡지사의 성공을 자축하던 시기였던 1990년대 중반, '갱스터 랩'의 위험성은 점점 더 커졌고, 이로 인해 사람들은 목숨을 잃기 시작했다. 동부와 서부 힙합이 경쟁의 최고점에 도달했을 땐 이들은 실제로 서로에게 총격을 가했다. 미디어의 여론 통제 아래, 공공장소에서 살해되는 래퍼의 목숨은 힙합계의 일회용 자산처럼 비쳤다. 이러한 사건은 계속해서 미화되었고, 예술가들을 서로의 적으로 만들었다.

기사들은 랩이 지닌 위험성에 집중했지만, 정작 인종차별 문제라든지, 애초에 왜 이 아이들이 위험 가득한 전장 깊숙이 들어갔는지에 관한 진지한 논의는 하지 못했다. 힙합이 돈벌이가 되자 찬사를 보냈지만, 누군가 피해를 입었을 때 대중들은 진짜 문제에 대해 철저히 무관심했다. 우리는 그런 태도를 받아들일 수 없었다. 특히, 실제 목숨이 걸린 상황에서는 더욱더 그랬다.

추가로 덧붙이자면, 〈바이브〉의 1994년 4월호에서 23세의 래퍼 투팍Tupac은 감옥에서 이렇게 주장했다. "우리가 만약 랩이 예술 형태라고 진지하게 말하려면 우리가 쓰는 가사에 더 큰 책임감을 느껴야 합니다. 당신이 하는 말 때문에 사람들이 죽어간다면, 당신이 그들을 죽인 것이 문제가 아니라 그들을 살리지 못한 게 문제입니다. (중략) 그 누구도 저를 구하러 오지 않았어요. 그들은 어떻게 되는지 그저 바라보았죠. 제게 터그 라이프Thug Life가 끝난 이유예요. 이 팀이 끝난 게 아니라면 다른 사람이 이끌게 하세요. 저는 지쳐버렸어요. 나는 그 팀을 너무 오랫동안 대표했어요. 저는 터그 라이프 **그 자체**였습니다."

나는 함께 앉아 희망을 이야기함으로써 동부와 힙합 그룹들의 랩 아티스트들의 갈등을 풀어주고 싶었다. 결국, 그 일을 시작하면서 나는 갱단에 합류하거나, 폭력을 휘두르는 것이 유일한 탈출구라고 생각했던 과거가 떠올랐다. 그리고 그러한 삶에서 탈출한 사람으로서, 나는 다른 이들이 거기에 머물게 할 수는 없었다.

1995년 8월 24일, 나는 힙합의 현재를 규정하기 위해 뉴욕의 페닌슐라 호텔에서 〈바이브〉 회담을 주최했다. 사상 선도자들, 그러니까 클라렌스 애반트Clarence Avant, 아탈라 샤바즈Attallah Shabazz, 마야 안젤루Maya Angelou, 콜린 파월 장군 등이

척 디Chuck D, 피 디디P. Diddy, 커먼Common, 닥터 드레Dr. Dre, 팹 파이브 프레디Fab Five Freddy, 슈그 나이트Suge Knight, 큐팁Q-Tip, 비기Biggie 등의 힙합 음악가들과 마주 앉아, 길거리의 싸움으로 서로를 등 돌리게 할 수 없다는 점, 그리고 그들이 내놓는 음악에 더 큰 책임감을 가져야 한다는 점을 이야기하는 자리였다. 또 어떤 의미에서 래퍼들이 얼굴을 맞대고 서로 이야기하게 하고 싶었다. 불에 기름을 들이붓는 매체들을 끼지 않고서 말이다.

토론 도중에 미국의 음악 사업자(이자 내 절친인) 클라렌스 애반트는 이렇게 말했다. "재능은 힘입니다. (중략) 당신을 무너뜨리는 것이 아닌 자신에게 도움이 되는 방식으로 이를 사용해야 하죠."

말콤 엑스Malcom X의 딸인 아탈라 샤바즈는 이렇게 전했다. "우리는 스스로를 아끼는 습관을 들여야 합니다. 우리가 힘을 얻었을 때 우리는 책임감을 느낄 수 있어야 하기 때문입니다. 보복하려 하지 마십시오. 분노에 취하지 마십시오. 왜냐하면 그렇게 된다면 당신을 자극하는 방법을 다른 누군가에게 알려주는 꼴이 될 것이기 때문입니다. 그렇게 바로 분노해 버린다면, 나는 당신을 늘 열받게 할 수 있을 겁니다."

데스 로 레코드Death Row Records의 제이크 로블스Jake Robles는 여러 워크숍 중 "사람을 죽이는 음반은 본 적이 없다"라고 말했다. 그는 사람이 가난으로, 약에 취해서, 약이 모자라서 더 구하다가 죽는 것을 본 적이 있다고 했다. 제이크는 이 모임으로부터 한 달 뒤, 총격당해 세상을 떠났다.

매체들은 이 경쟁 구도에 집중하여 보도했지만, 정작 아이들이 이 문제에 휘말렸을 때는 그들이 모든 책임을 지게 하고 자리를 떠버렸다.

나는 이 모임으로 모든 문제가 해결될 거라고 보지는 않았다. 하지만 이건 힙합계에 정말 필요한 대화의 장이었고, 극도로 어두웠던 시기에 약간이나마 희망과 방향을 제공해주었다. 토론에서 나왔던 메시지들은 일부 음악가들에게 깨우침을 주었고, 나는 시간이 지난 뒤에 그것이 그들의 커리어에 얼마나 긍정적인 영향을 끼쳤는지를 알게 되었다. 가장 중요한 건, 그들의 삶을 살릴 수 있었다는 것이다. 나는 그들에게 유명세와 돈과 폭력이 순간적으로는 큰 힘처럼 느껴지지만, 영원하지 않을 거라는 걸 가르쳐주고 싶었다.

1년 후에는 투팍이, 2년 후에는 비기가 세상을 떠났다. 특히나 이들과 친했기 때문에 나는 큰 상실감을 느꼈다. 나는 눈을 감은 영혼들을 영원히 잊지 않을 것이다.

이어진 몇 해 동안 〈바이브〉의 고위 간부층에 많은 변화가 있었고, 통일되었던 비전에는 금이 가기 시작했다. 우리의 목표가 이어지진 못했지만, 나는 이걸 실패라고 보지 않았다. 그 누구도 당시에 관심을 가지지 않았던 거리의 이야기를 끌어올릴 수 있었기 때문이다.

2018년 〈빌보드〉는 기사에서 이렇게 언급했다. "〈바이브〉
는 우리가 현재 억제하고 있는 문화의 진정한 첫 번째 터전이
었다. 미국 전역의 라디오 방송국들이 스스로를 '힙합과 알앤
비' 방송이라고 명명하기 전에, TV 쇼와 영화와 광고가 힙합
적 감성을 주기적으로 내세우기 전에, 주류 매체들이 자신들
의 표지에 흑인들을 싣기 전에, 〈바이브〉는 그러한 모든 것들
이 새롭고 다문화적인 주류를 이끌 것이라는 자신감을 가지
고 창간됐다."

극소수만이 가고 싶어 했던 힙합 세계에 발을 내디딘 덕분
에, 나는 이 문화에 관해 이전까지 알려진 이미지보다는 더
긍적적인 내러티브를 선보일 기회를 가질 수 있었다. 그리고
이는 같은 환경에서 자라고, 고통과 어려움에 공감해줄 수 있
는 사람에게 조언을 들을 수 없었던 이들에게 직접적으로 이
야기할 수 있는 창구가 되어주었다.

나는 갱단에 합류하고 폭력을 휘두르는 쪽으로 가지 않아
야 한다는 이야기를 개인적인 경험에 빗대서 이야기했다. 아
이들 중 다수는 롤모델을 가져본 적이 없었고, 매체를 통해
갱스터 랩의 타락을 미화하는 것을 보고 자란 그들은 불가항
력적으로 끌려가고 있었다. 그들은 오직 그런 꿈밖에 가질 수
없는 환경에 있었기 때문이다.

비록 〈바이브〉가 내놓은 결과는 내가 처음 목표했던 것과
는 달랐지만, 내가 그러한 꿈을 추구조차 하지 않았다면 〈바

이브)는 존재하지 않았을 것이다. 이를 통해 흑인도 잡지의 표지에 나올 수 있게 되었고, 주류 매체가 외면하고 있었던 힙합의 전체적인 모습을 아이들에게 보여줄 수 있었다. 무엇보다, 희망을 중심에 둔 대화를 할 수 있게 되었다.

꿈을 크게 가지는 것은 예상보다 더 높은 곳으로 갈 수 있게 해주었고, 또 내가 더 다양한 방향으로 뻗어나갈 수 있다는 가능성을 밝혀주었다. 열정이 나를 어디로 인도할지 정확히는 알 수 없었지만, 어떤 면에선 그래서 다행이라는 생각도 든다. 만약 알았다면 내 앞에 펼쳐질 일들이 얼마나 공포스러울지를 확인하고선 내가 할 수 있는 최선을 다하지 않았을 수도 있을 것이다. 시도를 해보기 전에 포기하지 않는 것이 중요하다. 그러므로 계속해서 꿈을 꾸고, 그런 꿈을 지탱할 수 있도록 계속해서 작업을 해야 한다. 그런 성취가 스스로 일어날 거라고 기대하지 않길 바란다.

마지막으로 당신에게 경고도 하나 남기겠다. 실패 없이 이뤄지는 꿈은 없다. 꿈이 클수록 실패도 커질 것이다. 감당하기 어려울 일들이 일어날 것이고, 당신은 실수를 범할 것이다. 그것도 계속해서 말이다. 우리는 인간이기에, 허둥대기도 할 것이다. 하지만 중요한 것은 그걸 극복하기 위해 어떤 행동을 취하느냐이다. 내리막에 있는 상태에 안주한다면, 그곳에 계속 머무를 뿐이다. 같은 측면에서, 첫 번째 시도에서 실패했다고 포기해서는 안된다. 성공은 점진적인 과정을 통해 나타나며 절대 일회성에 그치지 않는다.

분명히 당신은 첫 시도에서 계속 망치기만 할 것이다. 한 번 따낸다 해도 그다음에는 잃을 것이다. 그러다 시간이 지나고 나면 그렇게 '망친 것들'은 귀중한 경험이 된다. 당신이 이기고 지고 가까스로 따내는 기회들이 많을수록 당신은 경험들을 원동력으로 사용할 더 많은 기회를 얻게 된다. 이기기만 하거나 안전하게 베팅하는 것만으로는 많은 걸 배울 수 없다.

내가 연예계에서 일을 시작했을 때, 허술한 태도로는 그 어떠한 프로젝트도 시작할 수 없었다. 설령 그것이 내가 그다지 맡고 싶지 않은 프로젝트인 경우에도 그랬다. 만약 내가 하나의 일을 잘 해내지 못하면, 나와 같은 다음 연주자는 이런 말을 들을 것이기 때문이었다. "뭐, 퀸시가 일을 잘 해내지 못했기 때문에 흑인 연주자를 쓸 생각은 없어." 그런 일이 일어나게 할 수 없었다. 다행히 이제 흑인 아이들은 내가 아카데미 시상식에 후보로 오르는 모습을 보며 자신들도 해낼 수 있다는 걸 알고 있다.

혼자서 모든 것을 해내지 못할 수는 있지만, 불꽃을 일으키는 것만으로도 상상보다 더 큰 힘을 얻을 수 있을 것이며, '최초'가 '유일'로 끝나지 않도록 도울 수 있을 것이다.

모든 사람과 그들의 어머니들이, 선두에 서서 '최초'가 되어줄 누군가를 기다린다고 상상해보자. 그렇게 된다면 세상은 대단히 정체될 것이다. 새로운 곡을 쓰든지, 새로운 기술

플랫폼을 만들든지, 암을 치유한다든지 등 우리에게는 각자의 몫이 있다. 예술에서도 마찬가지다. 위험을 감수하고, 이때까지 성취되지 않은 걸 만들어내려는 추진력을 가지는 건 당신의 동료들과 간격을 분명하게 벌려줄 것이다.

당신이 이루고자 하는 목표에 필요한 것을 찾을 수 없다면, 나서서 직접 바꿔보길 바란다. 당신의 능력을 스스로 제한하지 말아라. 평등함이나 창의적인 자유로움을 추구하는 것이든 당신에게 어울리는 무엇이든 간에, 채워지지 않은 역할에 발을 내디뎌라. 많은 경우에 우리의 가장 창조적인 도전은 내적인 변화에서 시작된다. 우리가 닿을 수 없을 것 같은 모양과 구석과 방향으로 우리는 밀리고 당겨질 수 있기 때문이다.

지나치게 비대해지는 것을 방지하기 위해 목표를 고결하게 세우는 것도 중요하다. 왜냐하면 자존심은 사살상 과하게 꾸민 불안감에 불과하기 때문이다. 내가 만약 어린 시절의 작은 꿈을 유지했다면 나는 나를 더 앞으로 내모는 것의 가치를 깨닫지 못했을 것이다. 그러한 태도를 가지고 있었다면 나는 60세에 〈바이브〉를 만들 수 없었을 것이다.

나의 뒤를 따라 목표를 이루길 바라는 사람들에게 영감을 줄 수 있기만을 바란다. '목표'는 어떤 것도 될 수 있다. 우리의 집단적 노력들이 수많은 '최초'로 이어질 수 있길 바란다. 다만, '유일한 경우'가 아닌 걸로!

**Take it upon yourself
to change it.**

나서서 직접 바꿔보길 바란다.

Note

관계의 가치를 이해하라

지금까지 나눈 이야기를 진심으로 공감하며, 마음속 깊이 새겼길 바란다. 이번 장에서는 경고를 먼저 해야겠다. 이번 이야기에 주의를 기울이지 않는다면, 앞서 알려준 것들은 수포로 돌아갈 것이다. 당신의 예술만큼이나 당신 자신에게 공을 들여야 한다. 나의 옛 음악 스승이었던 나디아 불랑제는 내게 늘 이렇게 말했다. "퀸시, 네 음악은 인간으로서 너보다 더 작지도, 더 크지도 않단다." 무엇보다 앞서, 스스로에 공을 들이지 않는다면 당신에게 어떤 재능이 있건, 또는 당신이 1위 곡을 얼마나 많이 배출하건, 그건 중요하지 않아진다.

특히 당신이 사람들을 불편하게 만든 적이 있는 사람이라면, 내 말을 진지하게 듣길 바란다. 소문은 빠르게 퍼진다. 나는 이 사실을 간과하다가 이 업계에서 자신들의 커리어(또는 삶)을 망친 재능 있는 사람들을 수도 없이 목격했다. 삶에서 당신의 사적 영역과 공적 영역은 서로 떼려야 뗄 수 없는 관계에 있다. 당신의 사적인 삶은 공적인 삶에서 어떻게 인식되는지에 영향을 끼치며, 공적인 삶에서의 행동은 당신이 사적인 삶을 어떻게 살지에 영향을 끼친다. 근무 시간 외에 하는 일은 사무실이나 스튜디오에서 하는 일만큼, 혹은 그 이상으로 중요하기 때문에 확실한 구분이 필요하다.

당신은 당신이 가진 재능에 겸손해야 하며, 성공했을 때 은혜를 베풀어야 한다. 일정한 수준의 성공에 도달하면 자신이 무적인 것처럼 느껴지지만, 돈과 유명세를 얻었다고 하여 당신이 다른 사람보다 더 나은 사람이 되는 건 아니다. 인간적인 품위와 창의성은 함께 성장해 간다.

나는 행사나 파티에 참석할 때마다 마지막까지 자리를 지키는데, 그곳의 모든 사람과 대화를 나누기 때문이다. 나는 사람들이 이렇게 말하는 걸 들었다. "그 종업원과 그렇게 오래 이야기를 나누다니 대단한데요." 그 사람이 누구든지 상관없다. 글쎄, 그러지 않을 건 뭔가? 그리고 당신이 그러지 않는 이유는 뭔가? 그들의 업무가 당신의 것과 직결되지 않는다고 하더라도, 그들은 모두 존중받아야 하는 사람들이다. 모든 사람은 각자의 아름다움을 가지고 있고, 인간관계의 가치는 거기에 있다.

이 업계뿐만 아니라 삶의 모든 건 당신이 만나는 사람들과의 관계, 그리고 가장 중요하게도 그들을 대하는 법과 연결되어 있다. 단 한 번의 기회로 당신의 평판이 결정될 수 있으며, 그 과정에서 인간관계에서 어떻게 대처하느냐는 이러한 명제에서 중대한 비중을 차지한다. 나는 축복을 받은 것처럼 커리어뿐만이 아니라 삶에 있어서도 관심을 가져준 사람들과 함께했다.

나는 위대한 밴드의 리더이자 피아니스트 카운트 베이시로부터, 인간으로서 스스로를 가꾼 다음에 음악가로서 성장하라는 가르침을 배울 수 있었다. 그것을 깨닫기까지는 어려움이 있었지만, 돌아보면 이는 나의 삶과 커리어를 송두리째 바꿔놓았다.

내가 A#장에서 시애틀이 마치 음악의 성지와 같았다고 했던 말을 기억하는가? 나는 투어 중인 재즈 음악가들을 훔쳐볼 수 있는 팔로마 극장과 이글스 음악당, 워싱턴사회교육클럽의 백스테이지에 가기 위해 종종 학교를 땡땡이치곤 했다. 내가 팔로마 극장에서 만나게 되는 영예를 누렸던 건 나의 최대 우상 중 하나였던 카운트 베이시였다. 당시에 나는 13살이었고, 그에게서 음악적 조언을 극도로 갈구했던 것이 분명했다. 그는 도움을 구하는 어린애로 보지 않았다. 오히려 약간의 안내가 필요한, 잠재력을 지닌 젊은이로 보았다.

당시에 흑인 예술가들은 모두 가족 같았다. 우리에겐 암묵적인 친밀감이 존재했고, 서로를 지지하고 돌보았다. 나의 경우에도, 베이시는 한 발짝 더 나아가 나의 삶에서 결핍한—친형, 멘토, 매니저 등 뭐든—부분을 대신해주려 했다. 그는 이 세상과 이 업계에서 생존하는 법을 가르쳐주었다. 음악 산업은 대단히 흥미진진한 분야지만, 그 누구도 영원히 정상에 있을 수는 없다. 모든 영역을 거친 그는 내게도 비슷한 여정을 준비시켜주었다. 그는 "골짜기에서 살아남는 법을 배워야 해. 언덕은 알아서 해결될 것이기 때문이야"라고 말했다.

언덕은 성공을, 골짜기는 멤버들에게 급여를 지불하고 나서 골머리를 앓는 걸 의미했다. 그건 자신의 위치를 정확하게 인지하게 하는 위치고, 산 정상으로 가기 위해서는 어쩔 수 없이 거기에서 시작해야 한다. 내가 위에 있든 아래에 있든, 그는 나를 스스로 통제할 수 있도록 했다. 왜냐하면 성공이란 건 보장되지 않기 때문이다.

내 빅 밴드를 구성하기 위해 애쓰고 있었던 1960년대 초, 그는 늘 내게 도움을 주었다. 그는 내가 은행에서 5,500달러를 선지급 받을 수 있도록 대출에 서명하기도 했다. 내가 그 돈을 갚을 수 있을지도 확신할 수 없었는데도 불구하고 말이다. 그러한 그런 모든 과정에서 그는 그저 받을 수 있는 것이 아닌, 이를 통해 내가 경험을 통해 교훈을 얻도록 했다.

내가 깨우치기 가장 어려웠던 건 "언제나 공정할 것"이었다. 그는 나와 열여덟 명의 밴드원에게 코네티컷주 하트퍼드에서의 연주를 잡아주었다. 그의 밴드 대타로 블랙 스라이너스The Black Shriners를 위한 연주였다. 공연기획자는 1,800장의 티켓이 팔리길 기대했지만, 고작 700명의 관객만이 왔다. 연주가 끝난 뒤 나는 연주료를 받았고, 돈을 나누려는 찰나에 예기치 않게 카운트 베이시가 등장해서 말했다. "그에게 돈 절반을 돌려줘. 그는 네 이름을 앞에 내걸었고, 사람들은 오질 않았지. 그건 그의 잘못이 아니야." "진심이에요?"라고 나는 물었다.

베이시는 답했다. "네 이름이 포스터에 붙었어. 네가 그린게 아니지. 이건 그의 잘못이 아니야. 너는 이 공연기획자를 다시 만나게 될 수도 있어. 어서 그에게 공연료 절반을 반납하도록 해."

나는 그렇게 했지만, 속으로는 분노했다. 나는 그 돈이 필요했다. 그건 내가 번 돈이었다. "언제나 공정할 것"이라던 베이시의 교훈은 공정하게 느껴지지 않았다. 그건 명백히 내 돈이었다. 하지만 그렇게 베이시는 내가 하면 안 되는 것들을 알려주었다. 나는 분명히 엄청 화가 났지만, 감히 그에게 따질 수 없었다. 나는 그를 너무나 존경했기 때문이다.

나는 뒤늦게 그의 행동을 이해했다. 그 한 번의 사건으로 그는 진실한 인간이 되는 것의 중요성을 가르쳐주었다. 그 과정을 통해 나는 좋은 사업가이자 음악가가 될 수 있었다. 사실, 계약상 그 돈은 나의 것이었으므로 그대로 자리를 뜰 수도 있었다. 하지만 내 이름이 기대한 만큼의 성과를 내지 못했으므로 공연기획자에게 이익을 위해 행동하는 것이 옳은 일이었다. 베이시는 내가 사람들을 공정하게 대하도록 했다. 설령 그게 손해를 보는 일이라도 말이다.

　그 공연기획자를 다시 만난 적은 없었다. 하지만 그것이 중요한 것은 아니다. 무언가를 바라고 행동하지 않아야 한다. **그것이** 옳은 행동이기 때문에 하는 것이다. 아무것도 얻지 못한다는 느낌이 들 수도 있지만, 그게 핵심이다. 이건 당신을 위한 게 아니다. 옳은 행동일 뿐이다. 왜 이런 삶을 살아야 하는지에 대한 더 많은 예시가 필요하다면, 조금 뒤에 더 자세히 나올 것이니 걱정하지 않아도 된다. 옳은 일을 위해 옳은 행동을 하는 건 더욱 의미 있는 관계로 당신을 이끌 것이며, 장기적으로 볼 때 수많은 골치아픈 일들에서 당신을 구제해 줄 것이다.

　내가 C장에서 언급했던 〈프리 앤 이지〉 투어를 위해 빅 밴드 멤버를 모으려고 하던 당시에 최고의 연주자들은 베이시의 밴드에 있었고, 어렵지 않게 그들을 영입할 수 있었다. 하지만 감히 그럴 수 없었다. 베이시는 내게 좋은 사람이었고, 그의 등에 칼을 꽂을 순 없었다. 한 사람의 믿음을 지키는 건 당신이 할 수 있는 가장 가치 있는 행동 중 하나이다. 한 번 쌓은 좋은 관계는 평생 지켜야 한다.

　사람들을 오래 곁에 둠으로써 그들에게서 무언갈 얻어내

려는 의도는 아니었지만, 나는 끊임없이 작업들을 의뢰받았다. 그리고 인간관계를 유지했기 때문에 나는 귀중한 기회들도 잡을 수 있었다. 가령, 프랭크 시나트라가 자신의 1964년에 발표할 앨범을 위해 자신과 카운트 베이시 밴드를 지휘해 달라고 제안했을 때, 그건 마치 잭폿이 터진 것과 같았다. 내가 C#장에서 언급했듯, 프랭크는 내가 베이시와 한 해 전에 했던 편곡을 들었기 때문에 내게 지휘와 편곡을 맡겼던 것이다.

만약 내가 하트퍼드에서 공연기획자에게 공연료 절반을 반납했던 일로 베이시에게 화가 나 있었다면 프랭크 시나트라의 앨범 작업을 맡을 수 있었을 거라고 보는가? 난 아닐 거라고 본다. 프랭크와 스플랭크Splank(베이시의 별명이다)와 함께한 작업은 결과적으로 내가 인생에서 가장 특별한 프로젝트가 되었다. 가족 같은 관계가 된 음악가들과 합작하면서 얻는 혜택은 차치하더라도, 「Fly Me to the Moon」은 달에서 울려 퍼진 최초의 노래가 되었다. 나를 아주 가볍게 눌러버릴 수 있었음에도 나를 일으켜 세워준 나의 멘토이자 연주자와 나는 특별한 순간을 함께할 수 있었다.

내가 전설적인 엘라 피츠제럴드와 작업하는 기쁨을 누릴 수 있었던 것도 베이시 덕분이었다. 유명 제작자 노먼 그랜츠와 우리는 [Ella and Basie!]라는 앨범을 함께 만들었다. 그 이후에도 우리는 더 많은 엘라의 앨범들을 만들었다. 의미 있는 사적인 인간관계가 의미 있는 작업 관계로 이어진 사례를 나는 수도 없이 늘어놓을 수 있다. 사례는 끝이 없고, 이것이 실패한 적은 단 한번도 없다. 사적이든 공적이든 말이다.

관계 형성의 기본적인 중요성을 넘어선, 강한 유대함의 구축은 당신의 예술 동료와 강한 믿음과 동지애를 느낄 수 있게 한다. 가령, 수년 동안 같은 음악가들과 함께했는데, 그건 그들이 괴물 같은 음악가여서가 아니라 그들이 진짜배기 인간이기 때문이기도 하다. 음악에서 느낄 수 있다. 나는 그들을 인간적으로 아는데, 그 이유는 내가 만약 인간적으로 그들을 알지 못한다면 그들이 음악가로서 어떤 인물들인지는 절대 알 수 없기 때문이다.

내가 마이클 잭슨의 앨범들을 작업할 당시에 나는 실제로 알고 있는 연주자들을 녹음실에 모았다. 앞서 말했든 로드 템퍼튼은 역사상 가장 위대한 작곡가 중 한 명이지만, 그는 내가 아는 가장 훌륭한 인격을 갖춘 인물이기도 하다. 이는 전반적인 작업이 훨씬 더 즐거울 수 있게 했다. 사실, 그다지 친하지 않은 사람 옆에 앉아서 800곡이 넘는 노래를 검수하며 듣는 건 불가능한 일이기도 하고 말이다!

그는 단 한 치의 그릇됨이 없는 사람이다. 우리는 서로에게 완벽하게 솔직하게 털어놨으며, 절대로 "흔들거리며 던지는"(영국 슬랭으로 "화내는"이란 뜻이라고 했다) 법 없이 직설적인 의견과 생각을 공유했다. 나는 업계 최고의 인물들과 함께

하는 영광을 누렸고, 그들을 나의 음악적 식구로 받아들일 수 있는 더 큰 영광을 만끽했다. 당신이 존경하는 사람과 작업하게 되면 자연스럽게 그들의 관계망에 접속하게 되고, 그 뒤로 더 많은 관계가 쌓여가게 된다.

[Thriller]가 전 세계를 강타한 1984년, 나는 그를 만나기 위해 그가 연주하고 있던 L.A.의 팔라듐으로 찾아갔다. 그것이 그와의 마지막이 될 거란 걸 알 수 없었다. 그는 80세가 되어갔고, 휠체어에 앉아 있었다. 공연이 끝난 뒤, 그는 휠체어를 타고 백스테이지로 왔다. 눈이 휘둥그레진 그는 내게 와서 나를 가득 안으며 외쳤다. "세상에, 네가 마이클과 한 것 말이야. 나랑 듀크는 그런 거 상상조차 못했을 거야. 알아들어? 우리는 **꿈**도 꾸지 못했을 거라고!"

베이시는 내가 13살이었을 때부터 늘 그 자리에 서 있었다. 휠체어에 앉은 그를 내려보는 건 우리가 걸어온 37년의 길을 돌아보는 것 같았다. 그 길은 시애틀의 팔로마 극장의 스포트라이트를 받고 있던 그를 올려다보며 시작됐다. 그에게 칭찬을 받는다는 건, 명예와 자산, 그 무엇보다 값졌다. 상과 찬사는 생겼다가 사라지며, 돈은 벌었다가 쓰고를 반복한다. 하지만 이 세상에는 또 다른 카운트 베이시가 존재하지 않는다.

인생을 살아가며 우리는 많은 걸 뒷전에 두게 된다. 그러나 베이시는 내 시작의 모든 걸 일깨워주었다. 나의 아버지, 나의 재즈 뿌리, 나의 과거, 나의 진실함. 내가 활동 초기에 사귄 재즈 친구들 중 일부는 내가 인지도를 얻을수록 멀어져 갔다. 나는 우리의 관계가 한결같길 바랐다. 즐겁게, 자유롭고, 긴장이나 꾸밈이 없는. 그럼에도 일부는 그렇게 떨어져 나갔다. 사소한 일로 오랜 우정을 깨는 일은 없어야 하고, 베이시도 그걸 알았다. 그의 사랑은 무조건적이었다.

내가 어떤 성취를 이루고 싶어 하고, 내가 어떤 스타일의 음악을 하고 싶어 하든 그는 늘 나를 자랑스럽게 생각했다. 그는 늘 나를 위해 서 있었고, 나 역시도 그를 위해 있었다. 그는 왕이었다.

그러나 휠체어에 앉아 있는 그를 내려다보았을 때, 나는 그가 죽어가고 있다는 걸 눈치챘다. 그의 눈에서 읽을 수 있었다. 나는 말했다. "감사해요, 스플랭크." 나는 그를 안았고 곧바로 뒤돌아서 재빨리 탈의실에서 벗어났다. 그가 나의 눈물을 보기 전에.

베이시가 내게 가르쳐준 것들은 나의 일상에 녹아들었다. 쉬운 탈출구와 어려운 (그럼에도 올바른) 길 사이에 설 때면 늘 그를 떠올린다. 나의 삶에서 그의 존재를 영원히 감사하게 생각할 것이다. 그가 없었다면 현재의 나는 다른 사람이었을 것이다.

재밌게도 나의 절친 블랙 갓파더The Black Godfather, 클라렌스 애반트는 만약 내게 27센트가 있다면 25센트를 남에게 줄 거라고 장난스럽게 말하곤 했다. 그는 언젠가 이렇게 썼다. "나는 방 안에서 다 큰 남정네들—나이 먹고 머리가 희끗희끗한 사업가들—이 서로를 끌어안는 건 처음 봤다."

이러한 행동이 당시에는 다소 감성적으로 보였을 수도 있다는 사실을 인지하지만, 나는 이 세상의 모든 돈을 다 주더라도 그 순간의 좋은 사람이 되는 걸 포기할 수 없었다. 나를 과시하기 위해서 하는 말이 아니라, 자신의 도덕성을 지키면서 성공을 할 수 있다는 말을 하고 싶은 것이다. 홀로 추구하고 있는 듯한 기분이 들 때면 도덕성을 무시하고 싶어질 수 있다는 걸 안다. 옳은 일을 하는 게 늘 사람들에게서 좋은 평가를 받는 건 아니라는 걸 나도 안다.

하지만 남들이 보고 있지 않을 때 하는 도덕적인 행동은 당신의 인생과 커리어에서 기반을 닦아줄 것이다. 탄탄한 토양 위에 쌓는다면 당신의 성공은 영원히 지속할 수 있을 것이다. 반대로 모래 위에 쌓는다면 금방 무너지고 말 것이다.

옳은 길을 택하는 바람에 돈과 기회를 잃었던 적이 많았던 건 사실이다. 하지만 수많은 고민으로부터 탈출할 수 있었다. 당신이 신이나 종교, 환생, 혹은 끌림의 법칙 등을 믿든 믿지 않든, 이것들의 공통점은 만약 당신이 원칙을 따른다면 당신과 비슷한 생각을 가진 사람들을 끌어당길 것이라는 내용이다. 당신이 남들을 하찮게 대한다면, 그들도 당신을 그렇게 대할 것이다. 당연히 여기에도 예외는 있을 수 있지만 대부분의 경우에는 그렇다.

이 사실을 안 덕분에 나는 진심으로 나의 입장에서 생각해 주지 않는 사람들과 좋지 않은 계약을 맺는 일을 방지할 수 있었다. 진실한 행동은 당신을 사람들로부터 멀어지게 할 것이다. 시류를 따라가고 남들이 하는 것에 맞춰 가는 건 쉬운 일이다. 사람들에 반대하고 도덕적 지표를 따라 행동하는 건 훨씬 더 어려운 일이다.

이번 가르침의 윤리적인 요소를 넘어서, 내가 살면서 만난 가장 성공한 인물들은 인간관계와 진정한 유대의 개념을 통달한 사람들이었다. 그리고 가장 중요하게도 그들은 관계에 있는 사람들을 개별적으로 잘 알았다. 그들이 무슨 일을 하는지가 아니라 말이다. 대단한 선구자, 타임 워너의 전 CEO이자 내 친구인 스티브 로스에게서 배운 것 중 가장 기억에 남는 건 "곰이 되자, 황소가 되자, 하지만 돼지는 되지 말자."이었다. 사람을 일회용품처럼 대하면 안 된다. 왜냐면 사람은 일회용품이 아니기 때문이다.

나는 1980년대부터 지금까지도 킬러 큐 패거리를 위해 모았던 음악가들 대부분과 작업하고 있다. 그들이 사업적으로 내게 해줄 수 있는 업무보다 인간으로서 그들이 더 중요하다. 혹시 그거 아닌가? 사실 그건 우리 사회의 가장 큰 문제 중 하나다. 우리는 각 개인을 숫자와 직책으로 판단한다. 누군가를 사교 모임에서 만났을 때 가장 먼저 묻는 질문이 무엇인가? "저기, 당신의 직업은 무엇인가요?"

당신의 사업 파트너나 예술 합작자 중 몇 명이나 잘 알고 있는가? 그들은 아이가 있는가? 그들이 즐기는 취미는? 이것에 대답할 수 없다면, 당장 당신은 인간 관계적인 작업을 해야 한다. 나는 보통 나의 파트너들에게 그들이 어떤 사람인지에 대한 온갖 질문을 건넨다. 내가 좋아하는 질문은 이런 것이다. "당신의 뿌리는 무엇인가요?" 또는 "당신이 태어난 곳은 어딘가요? 감정적인 맥락이 없다면 당신은 그저 거래를 하기 위해 그 자리에 참석하는 것일 뿐이다.

이쯤이면 눈치를 챘겠지만, 나는 함께 작업한 사람들 대부분에게 별명을 붙였다. 별다른 노력을 하지 않더라도, 이런 별명은 자연스럽게 개인적인 관계를 형성하며, 공적인 만남에서 늘 존재하는 거리감을 무너뜨려 준다.

내가 사람과 교류하면 이런 행동이 너무나 자연스럽게 일어나는 바람에 누군가 말해주기 전까지는 나조차도 인지하지 못한다. 사람들과 공감하는 당신만의 방법을 찾는다면 사람들과 더욱 풍성하게 관계하는 방법들을 찾게 될 것이다. 나는 이런 질문을 받았다. "어떻게 그렇게나 많은 친구를 사귈 수 있었나요?" 글쎄, 쉽게 말하자면, 나쁜 친구가 되지 않으려고 노력해보길 바란다.

나는 의식적으로 진실되고 신뢰할 수 있는 사람들과 일하고자 했다. 사실, 프랭크 시나트라라든지 레이 찰스 같은 사람들과 함께 작업하는 영예를 누렸던 그 모든 시간 동안에 계약서가 있었던 적이 없다. 우리에겐 말로 나눈 약속과 악수만이 있었다. 우리가 서로를 믿었고 진심을 다했다는 건 정말 아름다웠다.

나는 약속을 반드시 지켰고, 그들도 그랬다. 우리는 서로에게 한 약속을 어기거나 대외적으로 갈등을 일으키지 않았는데, 그건 우리는 서로를 가치있게 여겼고 존중했기 때문이었다. 계약서 하나 없이 일한다는 게 모두에게 가능하지 않을 거라는 건 나도 잘 알지만, 중요한 건 그 이면에 있는 가치다. 말한 것을 지키고, 지킬 것을 말해야 한다.

나는 스스로에 대한 작업을 한 사람과 그렇지 않은 사람을 분명하게 구분할 수 있다. QJP에 직원을 고용할 때에도 마찬가지다. 늘 즐겁고 좋은 일만 가득하지는 않지만, 결국 마지막에 나는 신뢰할 수 있는 좋은 사람들과 남게 된다.

이름을 일일이 거론하지는 않겠지만, 나는 작업실이나 세트장에서 자신들의 진정한 모습을 보여주지 않았기 때문에 내가 다시는 함께 일하지 않을 사람들을 수도 없이 만났다. 당신은 인상을 주는 데 단 한 번만의 기회를 얻는다. 그리고 나는 자신들을 제대로 보여주기도 전에 관계와 기회를 날려버린 사람을 정말 많이 봤다.

특히 예술 산업이 그렇지만, 판이라는 건 정말 작다. 그리고 그 판은 최대로 해봐야 여섯 가지 정도로밖에 분리되지 않는다. 믿든 믿지 않든, 사람들은 떠들어댈 것이고, 좋은 이야기든 나쁜 이야기든 당신에 관해 말할 것이다. 부디 이번 이야기를 통해 당신의 행동으로 인해 인간관계를 망치거나, 복구할 수 없는 안 좋은 평판을 만드는 일을 방지할 수 있기를 바란다.

일을 쉽게 무르는 것이 심각하도록 만연한 현재, 이건 장난으로 웃고 넘길 일이 아니다.

소셜 미디어에 좋은 용도가 있기는 하지만, 온라인상으로 너무나 많은 소통이 오가는 바람에 사람들이 인간적인 교류감을 잃었다는 단점도 있다. 어떠한 심각한 결과가 초래되지 않을 거란 생각에 화면 뒤에 숨어서 평소와 다르게 행동하는 것이다. 그러나 정확하게 알든 모르든, 결국 그 결과는 초래한다. 지금 당장 혹은 내일 일어나질 않을지 몰라도, 결국에는 그렇게 된다. 우리가 대인 관계에서 얼만큼이나 멀리 떨어져서 단절되든, 자신이 누구인지를 잊지 않고, 인류애를 상실해서는 안 된다.

진실하지 않은 행동으로도 무언가를 얻을 수는 있지만, 그러한 업보는 언젠가 되돌아온다. 한때 존경받았던 사람들이 한 순간의 한심한 결정으로 평판이 엄청 깎이는 사례를 뉴스나 신문에서 본 적이 있을 것이다. **당신**도 마찬가지로 자신의 결정으로 인한 결과를 마주하며 살아야 한다. 장담하건대 한때 당신에게 유해한 결정을 종용했던 사람들은 당신이 도움의 손길이 필요할 땐 더는 주변에 있지 않을 것이다.

당장 유행하는 것에 휩쓸리기보다는 진실하고 신뢰할 수 있는 바탕에 당신의 경력을 쌓는 데 집중하길 바란다. 앞서 말했듯, 떠나지 않는다면 돌아올 일이 없다. 그리고 확고한 도덕성에 쌓은 경력은 당신이 떠나지 않게 지켜줄 것이다.

삶은 단거리 경주가 아닌 마라톤이다. 남에게서 무언가를 얻기 위해 잘해주지 말아라. 그것이 옳은 행동이기 때문에 그래야 한다. 먼저 좋은 사람이 되고, 그러고 나서야 좋은 음악가나 좋은 예술가, 좋은 사업가 또는 당신이 되고자 하는 존재가 될 수 있다.

스스로 자랑스러워할 수 있는 결정을 내려라. 좋은 결과를 도출할 수 있다면 좋은 일이다. 그런 결과가 없더라도 최소한 당신은 깨끗한 양심을 지니고 있는 사람이다. 내가 장담하는데 성공이라는 건, 편법을 사용하거나 비양심적인 행동의 결과일 때보다 진정한 노력의 결과로 얻었을 때 훨씬 더 보람이 있다.

그러므로, 나디아 불랑제가 내게 한 말을 다시 한번 반복한다. "네 음악은 인간으로서 너보다 더 작지도, 더 크지도 않단다."

**You've got to be
sitting deep in truth
in order to create truth.**

진실된 것을 만들기 위해서는 진실 안으로 깊게 들어가야 한다.

Note

아는 것을 나누어라

특출난 음악가이자, 그보다 더 위대한 인간으로서의 예시가
되었던 인물을 꼽자면, 나는 전설적인 트럼페터 클라크 테
리Clark Terry을 얘기할 것이다. 클라크, 또는 색Sac(삭-아-두-두
sack-a-doo-doo의 줄임말이다! 이건 우리의 비밥식 농담이다\(^0^)/)
은 분명히 역대 최고의 트럼펫 연주자 중 한 명이었고, 멘토
십에 대한 열정이라는 그의 재능은 이 세상 누구보다 컸다.

그는 나의 삶을 바꾸었고, 마일스 데이비스의 삶을 바꾸었
고, 허비 행콕Herbie Hancock의 삶을 바꾸었고, 그가 관여하고자
했던 모든 이의 삶을 바꾸었다. 어린 시절의 나에게 그가 준
믿음은 나의 커리어 전체에 영향을 끼쳤다. 내 첫 트럼펫 스
승으로서 그는 지금까지도 내게 힘이 되는 용기를 심어주었

다. 그가 세상을 떠난 2015년 이후에도 말이다. 백년에 가까운 그의 삶 전반은 내게 가장 특별한 가르침을 주었는데, 그건 바로 삶을 바꿔놓을 수 있는 힘을 지닌 공생적 인간관계인 멘토십(멘토로서와 멘티로서 모두)이었다.

색이 내게 이걸 **어떻게** 가르쳐주었는지는 지금부터 차차 알려주겠다. 그전에 이러한 형태의 인간관계가 **왜** 이토록 중요한지에 먼저 생각해보도록 하자. 분야와 상관없이, 첫 발걸음은 가장 무겁기 마련이다. 아무런 경험을 하지 않은 채로 아주 가파른 배움의 언덕을 올라야 하고, 동시에 전문성 있는 존재가 되어야 하기 때문이다.

음악적 지식이 전무한 채로 시작했던 나의 경우엔 나와 같은 길을 먼저 갔던 사람들에게서 배우는 게 가장 중요했다. 그들에게서 최대한 많은 정보를 얻어야 했고, **하지 말아야** 할 것들에 대해서도 배워야 했다. 연예계는 성공이 하루아침에 이뤄지는 것처럼 비춰지긴 하지만, 성공을 위해 경험해야 하는 수많은 실패에 대해서는 잘 보여주지 않는다. 그러므로 누군가를 보고 "그는 엄청난 경험을 쌓았어" 혹은 "그녀는 대단히 성공했어"라는 생각이 든다면 그는 그 자리에 이르기까지 이미 엄청나게 많은 실패를 경험했고, 당신도 그와 같은 시도가 필요하다는 의미다.

"절대 하지 마. 우리는 20년 전에 이미 실패를 경험했어"라며 당신의 커리어를 종결시키거나 목숨을 위협할 실수를 방지해 줄 수 있는 주변인도 필요하다. **이런** 사람들이 바로 멘토다.

멘토십은 내가 목표를 향한 올바른 경로로 갈 수 있게 해주었다. 해답을 찾기 위해 멀고 넓은 영역을 헤매는 데 시간을 낭비하지 않고, 이미 가시덤불을 헤쳐나갔던 사람들의 조언에 귀를 기울였다. 그들이 모든 해답을 가지고 있지 않을지라도 그들의 지도는 훨씬 나은 지점에서 시작할 수 있게 한다. 앞으로 당신은 난제와 난관을 마주할 것이 분명하다. 멘토는 자신들이 이미 지나 온 항로를 당신에게 일러줄 수 있을 것이다.

자신들의 어깨에 나를 목마를 태우고 내가 가능하다고 여겼던 것 이상으로 멀리 보게 해준 음악계의 거인들과 내 인생의 거인들이 없었더라면, 지금의 나는 없을 거라고 생각한다. 자신감이 많이 없던 시절 타인의 지도를 받으며 점차 자신감이 피어나기 시작했다. 가장 중요한 건 나의 멘토들은 주요 이정표를 가지고 있었고, 내가 다른 길로 방향을 바꿀 때마다 나를 바른 길로 인도해주었다.

반대로, **멘토가 된다는 건** 멘토로부터 배우는 것만큼이나 중요하다. 누군가 당신을 목마에 태우고 멀리 보게 해줬으니, 당신도 다른 누군가를 목마에 탈 수 있게 해줘야 한다. 만약 신이 당신에게 어떠한 영역에서의 재능을 주었다면, 당신은 그 재능을 다른 사람에게 물려주는 역할을 맡아야 한다. 이러한 문화는 여러 세대에 걸친 강력한 통합을 가능하게 하며, 개개인에게 자신감을 심어줌으로써 전체를 바꾸는 힘이 되어주기도 하다. 서로를 헐뜯지 않고 서로를 끌어준다면 사실상 세대 차이라는 건 존재하지 않을 것이다. 이는 "젊은이는 우리의 미래다"라는 오래된 격언을 상기시킨다. 우리는 그들을 키워내야 한다.

멘토링에 공식적인 체계가 필요하다고 생각하지만, 멘토가 되기 위해서 어떠한 특별한 능력이 필요한 건 아니다. 그건 멘티가 되는 것에서도 마찬가지다. **누구든** 상대방의 눈빛에서 궁금증이나 희미하게 빛나는 희망을 발견할 수 있다면 멘토가 될 수 있다. 누군가의 삶에 변화를 만들어주려 하는 진실한 마음을 제외한다면, 멘토가 되기 위한 특별한 자격은 존재하지 않는다. 비결이라는 건 없다.

대체로 사람들은 자신감이 필요하다. 클라크 테리가 내게 심어준 신뢰는 많은 이에게 이어졌다. 많은 사랑을 받고 있는 재즈 베이시스트 크리스찬 맥브라이드Christian McBride는 이렇게 썼다. "클라크는 수천 명의 학생들을 가르쳤고, 그들은 또 수천 명의 학생들을 가르쳤습니다. 그리고 또 그들은 수천 명을 가르쳤죠." 아주 간단한 행동 하나는 멀리 이어질 수 있다. 그러므로 당신이 만날 수 있는 사람들에게 가할 수 있는 영향력을 낮춰보지 않아야 한다.

뭐, 내가 **왜** 멘토링의 힘을 믿는지에 대해 이야기했으니,

이제 내가 가장 좋아하는 이야기를 해보고자 한다. 클라크가 **어떻게** 내 멘토가 되었는지에 관한 이야기다.

지난 장에서 언급했듯, 어린 시절에 나는 투어하는 연주자들이 뭘 하는지 보려고 시애틀의 극장 백스테이지에 돌아다니곤 했다(그렇다, 당시에는 그게 가능했다). 그들이 쓰는 슬랭부터 그들의 연주까지, 나는 그 모든 걸 흡수하려고 했다. 이게 1947년의 이야기니 TV가 보급되기 이전이었고, 그러한 곳들이야말로 당시 동부에서 유행하고 있는 연주 릭Lick을 들을 수 있는 유일한 곳이었다.

그해에 카운트 베이시 밴드는 팔로마 극장에서 한 달간 상주 연주를 했고, 나는 매일 밤 그곳에 갈 작정이었다. 클라크는 베이시 밴드의 트럼페터였고, 무선통신의 결과로, 동네 사람들은 모든 트럼펫 연주자가 존경하는 그 트럼펫 연주자가 바로 클라크라는 소식을 듣게 되었다. 그날 백스테이지로 가는 길은 내겐 마치 음악의 신을 만나러 가는 길이었다.

나는 빼빼 마른 13살 꼬마였고, 나는 그가 내게 조언을 조금이라도 해줄 수 있기를 바랄 뿐이었다. 매일 밤 나는 밴드의 연주를 들으러 갔고, 그들이 무대를 떠나는 모습을 지켜봤다. 그러던 어느 날, 나는 드디어 클라크를 찾아가 트럼펫을 제대로 부는 법을 가르쳐 달라고 할 용기가 마침내 생겼다.

그는 잠시 내 고민을 재밌게 듣더니, 곧바로 그는 극장에서 밤늦게까지 연주하고, 그다음에는 클럽에 가서 새벽까지 연주해야 하며, 아침에 호텔로 돌아가 다음 공연 때까지 내내 자야 해서 어렵겠다고 답했다.

잠시 고민한 뒤에 그는 다시 말했다. "음, 내가 자고 있을 때 너는 학교에 가겠지. 내가 일할 때 너는 자고 있을 거고. 어떻게 해결하면 좋을까?"

승산이 없는 일이란 걸 알았지만, 내겐 둘도 없을 기회라는 걸 알았기 때문에 나는 무엇이든 간에 빨리 생각해내야 했다.

"등교하기 전에 몇 시간 일찍 일어나서 선생님께 찾아갈 수 있어요."라고 나는 답했다.

그는 놀랍게도 내 제안을 승낙했다. 다음 날 오전 6시에 나는 그의 호텔방 앞으로 갔다. 그는 막 잠자리에 든 참이었고, 나는 방문을 두드려 그를 깨웠다.

나는 매일 같이 그를 찾아갔고, 그는 연주법과 기술, 횡격막 호흡법 등 모든 걸 가르쳐주었다. 그때까지 나는 잘못된 방식으로 트럼펫을 불었기 때문에 늘 입술에 피가 나곤 했었는데, 그가 그걸 발견하곤 "그렇게 하는 거 아냐. 이렇게 해 봐"라고 하며 내 입술 위쪽으로 바로잡아주었다. 그는 내게 무수히 많은 것을 가르쳐주었다.

베이시 밴드가 우리 마을을 떠나 다음 동네로 갈 준비를 할 때, 나는 호텔을 찾아가 말했다. "테리 선생님, 저는 곡을 쓰는 법도 배웠어요. 선생님이 제 첫 번째 편곡을 들어주셨으면 좋겠습니다."

"지금 떠나야 하니, 악보를 내게 주면 샌프란시스코에서 한번 살펴보도록 하마." 샌프란시스코에 간 그는 악보를 베이시에게 보여주며 물었다. "시애틀에서 우리 무대 근처에 알짱대던 꼬마 기억나?" 베이시는 기억이 난다고 했고, 그 곡을 한번 연주해보기로 했다.

그렇게 그들은 연주했다. 그 곡은 조금 별로였지만, 클라크는 나를 믿었고 다른 연주를 위해 시애틀을 방문했을 때 그는 응원의 메시지와 함께 내 악보를 돌려주었다. "꼬맹아, 약간의 실수를 했더구나. 하지만 네가 잘하고 있다는 말을 꼭 해주고 싶어. 언젠가 대단한 음악가가 될 거란다."

"정말 그렇게 생각하세요?"

"난 알아"라고 그는 답했다.

나에 대한 믿음은 내가 지금까지도 계속해서 작곡할 수 있는 자신감을 불러일으켰다. B장에서 언급했듯, 내가 그에게 주었던 곡은 「From the Four Winds」였다. 그 곡으로 나는 햄프의 밴드에서 연주할 수 있었고, 시애틀을 떠날 수 있었다.

클라크와 함께했던 아침 트럼펫 수업으로부터 12년이 지난 1959년, 그와 트롬보니스트 퀸틴 잭슨Quintin Jackson은 듀크 엘링턴의 밴드에서 나와 내 〈프리 앤 이지〉 투어에 합류했다. 믿을 수 없었다. 내 인생에서 벌어진 가장 영광스러운 사건 중 하나였고, 나는 클라크를 자랑스럽게 만들어주고 싶었다.

그 투어가 결과적으로 실패로 끝나버렸을 때, 그는 내내 내

곁을 지켜주었고, 그 이후에도 함께해주었다. 그는 멘토이자 스승이자 동료 음악가였을 뿐 아니라 나의 친구였고, 아버지였고, 삶의 영감의 원천이었다.

나는 종종 클라크에게 가서 가르쳐달라고 말했던 용기를 가졌던 시애틀의 날에 대해 생각한다. 잠을 포기하고 아침마다 나를 가르쳐준 그의 이타심에 감사하다. 그는 나의 잠재력을 믿었고, 나를 격려해줄 만큼 자애로웠다. 그의 끊임없는 지지는 내가 언젠가 그처럼 될 수 있을 거란 희망을 심어주었다. 그리고 그건 나에게서 끝나지 않는다. 클라크는 여러 세대의 재즈 연주자들의 멘토가 되었기 때문에 그가 일으킨 파장은 더 멀리 퍼져갔다. 그리고 그는 학생들에게 레슨비를 받지도 않았다.

2014년에 나는 트럼페터로 시작해 미국 재즈의 개척자로서 클라크의 삶, 그리고 뛰어난 피아니스트이자 작곡가이자, 교육자, 음반 제작자 저스틴 카우플린과의 멘토십을 다룬 다큐멘터리 〈킵 온 키핑 온〉의 공동 제작을 맡았다. 영화는 내용 자체도 대단했지만, 이 영화를 만들게 된 뒷이야기는 큰 영감을 주었다.

내게 가르침을 주고 난 이후에도 클라크와 나는 가까운 사기로 지내며 앨범과 공연에서 함께 연주했고, 나의 삶에 그가 끼친 영향력은 대단했다. 그러나 2000년대 초, 젊은 세대가 클라크와 그의 동료들이 미국의 음악계에 얼마나 지대한 공헌을 했는지를 제대로 인지하지 못하는 안타까운 상황이 펼쳐졌다. 나는 학생들에게 재즈와 블루스의 역사를 필수로 가르치지 않는다는 사실에 질리고 지쳐 있었고, 이에 대해 무언가를 해야 한다고 생각했다. 그리고 나는 스눕 독의 랩과 클라크의 "멈블스mumbles(일종의 스캣으로, 결국 그의 상징적인 사운드가 됐다)"를 결합하기로 했다. 나는 그것이 나이가 든 세대와 어린 세대를 이어줄 완벽한 가교가 될 거라고 봤다. 결국 힙합은 비밥에서 나온 것이다.

이 녹음을 1년 이상 계획한 이후, 나는 나의 회사의 대표인 아담 펠Adam Fell과 함께 아칸소에 있는 리틀록의 공항에 도착했다. 그때 나는 스눕이 발목을 접질리는 사고를 당해 함께할 수 없다는 소식을 접했다. 모든 계획을 철수해야 했지만, 돌아가는 비행기에 오르는 대신 우리는 클라크와 그의 아내 그 웬Gwen을 만나러 파인블러프로 가기로 했다.

스눕이 없으니 우린 녹음할 것이 없었고, 앨범을 만들기 위해 굉장히 바쁠 예정이었던 그 날은 결과적으로 '노는 날'이 됐다. 그의 집에 가자 그는 자신의 새로운 제자 저스틴 카우플린(그리고 저스틴의 안내견 캔디Candy도 함께했다)을 소개해주었고, 그는 저스틴에게 나를 위해 피아노를 연주해달라고 했다. 그는 건반 위의 괴물이었고, 그의 연주에는 권위와 대단한 숙련도가 있었다. 그가 11살 때부터 시각을 상실했음에도 말이다.

클라크는 집에 있던 다른 사람들도 소개해주었다. 호주 출신의 영화 감독인 앨런 힉스Alan Hicks와 촬영 감독인 아담 하트Adam Hart, 그리고 그들의 환상적인 제작자 파울라 두프레 페스멘Paula DuPré Pesmen이었고, 그들은 다 함께 클라크에 관한 다큐멘터리를 제작하고 있었다.

그날 밤 그들은 작업 중인 영화 트레일러를 보여주었는데, 이를 계기로 나는 이 영화의 공동제작자로 함께하게 되었다. 다큐멘터리의 감독 앨런 힉스는 이렇게 말했다.

고등학교에서 저는 공부를 잘하는 학생이 아니었습니다. 솔직히 말하면 공부를 가장 못 하는 학생이었을 겁니다. 나는 어린 친구가 드럼을 연주하는 걸 보고 나서 드럼을 치기 시작했는데, 어느 날 한 선생님이 재즈 밴드를 만들 거라고 이야기하더군요. 저는 매일 드럼을 연습했고, 이는 저를 바꿔 놓았습니다. 저의 수양법이 되었죠.

그 이후로 저는 완전히 빠져 버렸습니다. 18살이 되었던 2002년에 저는 호주에서 뉴욕 브루클린으로 이주했습니다. 저는 연주가 벌어지는 곳으로 가고 싶었습니다. 모든 재즈 연주자가 가고 싶어 하는 곳 말이죠. 뉴욕으로 가는 비행기에서 저는 〈큐: 퀸시 존스 자서전Q: The Autobiography of Quincy Jones〉을 읽었고 거기에는 클라크 테리가 쓴 장이 있었습니다.

뉴욕으로 갈 때 저는 별다른 계획이 없었어요. 여러 학교에 지원서를 냈고 윌리엄 패터슨 대학교에서 음악 전공으로 합격을 했습니다. 거기서 굉장한 경험을 쌓았지만, 1년이 지나서 저는 주머니는 완전히 거덜이 나버렸어요. 그래서 저는 호주로 돌아가는 비행기표를 샀죠. 당시 제 선생님은 고인이 되신 위대한 피아니스트 제임스 윌리엄스James Williams였어요. 제가 선생님에게 고향으로 돌아간다고 하자 선생님은 블루노트 재즈 클럽에서 열린 오스카 피터슨Oscar Peterson 트리오의 공연에 저를 초대하셨습니다. 그런 멋진 사람들의 공연을 놓칠 순 없었죠. 그곳에 들어서자 선생님은 저를 클라크와 그의 아내 그웬 옆에 앉히셨어요. 그런 전설적인 연주자 옆에 앉다니 정신이 나가버릴 것만 같았죠. 클라크는 제게 몸을 돌리더니 말했어요. "네가 앨AI이구나. 제임스가 너에 관해 이야기해주었단다. 연주를 잘한다고 말이야. 내가 봤을 땐 고향으로 돌아가는 게 좋지 않은 생각인 것 같구나. 여기에서 공부를 더해야 한단다." 내가 고민할 틈도 없이 그는 그다음 주에 저녁 식사하러 집으로 오라며 초대해주었어요. 그는 그게 저의 출국일 이후라는 걸 알았죠. 저는 인생 일대의 기회를 놓칠 수 없었기 때문에 항공권 일정을 변경했습니다.

그날 밤의 저녁 식사 이후에 그는 제게 말했어요. "다음 주에도 저녁을 먹으러 오려무나. 그때는 드럼 스틱을 가져오고." 그날 밤 이후로 저는 클라크의 밴드에서 수천 시간 이상을 연주했고, 그와 함께 전 세계를 돌았어요. 저는 그와의 인연이 블루노트에서 단 한 번 만남으로 끝났을지라도 전 그걸 평생 소중한 기억으로 간직할 터였죠.

이 영화에서 클라크의 상대역으로 나오는 학생인 저스틴도 저와 같은 마음일 거라고 생각합니다. 제가 무언가를 책임져본 건 이번 영화가 처음이에요. 저는 클라크에서 리더의 조건을 배웠습니다. 그는 어떻게 밴드를 구성하는 법, 그리고 좋은 사람들과 함께하는 것의 중요성을 가르쳐주었습니다. 그는 말했어요. "네가 좋은 사람이 될수록, 네가 좋은 소리를 낼 수 있는 거란다." 그리고 그는 저의 직관을 믿고, 사람들이 가장 잘할 수 있는 방향으로 조심스럽게 가게 하며, 예시를 보여주며 이끌라고 했어요.

저는 그 모든 걸 이 영화에 적용하려 했습니다. 촬영을 시작했을 때 저는 레퍼런스로 삼을 게 별로 없었어요. 왜냐하면 영화를 만들어본 적이 없었으니까요. 저는 제가 음악을 연주하면서 배운 것과 클라크에게서 배운 것을 토대로 만들어갔어요. 저는 영화 제작과 재즈에는 많은 공통점이 있다는 사실을 알게 됐어요.

둘 다 많은 직관이 필요하죠. 재즈는 형식을 갖춘 즉흥이에요. 구조는 중요해요. 곡에는 시작과 중간, 그리고 끝이 있어야 하죠. 편집할 때 때때로 저는 신scene을 그렇게 접근했어요. 저는 모든 걸 노래처럼 들어야 했어요. 이 영화에서도 마찬가지에요. 저의 모든 신경이 곤두서고, 머릿속에서 무대에 올라 연주를 하면 안 된다고 요동칠 때야말로 무대에 올라 연주할 때라고 클라크는 말했어요. 그 순간에 자신에 대해 무언가를 깨우칠 수 있다고 했죠. 그는 말했어요. "신경을 포용하라." 이 영화에서 제가 하려고 했던 거예요.

〈킵 온 키핑 온〉은 14개가 넘는 상을 받았고, 그중에는 트라이베카 필름 페스티벌에서 받은 장편 다큐멘터리상도 있었다. 더 중요한 건 이 영화가 더 많은 사람을 위한 클라크의 멘토십에 관한 클라크의 이야기와 열정이 더 많은 사람에게 닿을 수 있는 발판을 마련해주었다는 사실이다.

교육기관과의 협력을 통해 우리는 수백 회의 교육용 상영을 할 수 있었다. 그리고 학생들이 파헤칠 수 있는 보조 교육 자료를 제공했고, 이를 통해 그들은 재즈/블루스의 역사와 멘토십의 중요성을 배울 수 있었다. 클라크가 나와 저스틴과 앨런을 비롯한 그의 지도를 받는 영광을 누린 모든 사람이 얻은 영감을 많은 사람이 내재화할 수 있길 우리는 기대했다.

이 다큐멘터리에 잘 나오듯, 멘토십은 한 방향으로만 흐르는 것이 아니다. 클라크가 저스틴을 가르친 것만큼이나 저스틴도 클라크를 가르친 것이 분명하다. 촬영을 하는 동안에 클라크는 당뇨로 인해 시력을 잃었고, 이건 정말 받아들이기 어려운 일이었다. 저스틴은 삼출성망막염으로 인해 7년 전에 시력을 잃은 자신의 경험을 들려줌으로써 클라크가 새로운 시야를 확보할 수 있게 해주었다. 저스틴은 그가 할 수 있었던 것들을 갑작스럽게 할 수 없게 되었을 때, 음악이 어떤 방식으로 자신의 표현 수단이 되었는지를 설명했다.

클라크와 저스틴과 나는 모두 공감각을 가지고 있다. 이는 특정한 감각 혹은 인지 능력의 자극으로 자동적으로 다른 영역의 감각을 불러일으키는 신경학적인 상태를 의미한다. 가령, 음악을 들었을 때 이에 대칭하는 색상을 떠올리는 것 같은 것이다. 우리는 클라크와의 관계와 공감각, 그리고 멋진 음악이라는 공통점을 통해 나는 저스틴을 QJP의 매니지먼트로 영입했고, 이로써 하나의 이야기를 매듭지을 수 있었다. 이런 말이 있다. "우연의 일치란 신이 자신의 정체를 숨기는 방법이다." 나는 이 모든 일련의 과정을 이보다 더 걸맞게 요약할 수가 없다.

음악과 인류에 클라크가 가한 영향의 깊이를 제대로 설명할 수 있을지는 모르겠지만, 나름의 최선을 다해보겠다. 그는 NBC의 〈더 투나잇 쇼〉의 최초의 흑인 스태프 연주자였고, 거기에서 12년 동안 연주했다. 그리고 무엇보다 그는 마스터 멘토였다. 그는 인종의 장벽을 무너드리고 수많은 음악가들을 위해 문을 열어주었다.

그는 1920년, 미주리주 세인트루이스의 찢어지게 가난한 가정의 열두 형제 중 한 명이었다. 10살 때 듀크 엘링턴 밴드의 연주를 듣고 나선 곧 바로 트럼펫의 소리에 빠져 버렸다.

트럼펫을 살 형편이 안 되었기 때문에 그는 쓰레기장에 가서 등유 깔때기와 호스, 납으로 된 파이프(독성이란 건 나중에 알게 됐다)를 찾아서 비슷하게 하나 만들었다. 결국 그의 이웃들은 트럼펫에 관한 그의 관심을 알게 됐고, 다들 조금씩 돈을 모아서 그에게 진짜 트럼펫을 사주었다. 그것으로 그는 재즈의 길을 걷게 됐다.

만약 그의 이웃들이 그에게 트럼펫 연주를 만류했다면 어떻게 됐을까? 언젠가 클라크는 우리의 관계에 빗대서 이렇게 말한 적이 있다. "이 생각을 떨쳐낼 수가 없어. 만약 내가 '녀석아, 그거 수납장에 도로 갖다 놓거라. 그만두고 다른 것이나 알아봐'라고 했다면 어떻게 됐을까? 상상도 하기 싫구나." 그건 나도 마찬가지다!

그에게 트럼펫을 가르쳐 달라고 했던, 1947년의 13살의 꼬마였던 순간부터, 그가 마지막 숨을 내뿜었던 2015년까지 클라크는 젊은 세대에 도움을 주는 걸 가장 우선으로 여겼다. 나는 그의 첫 번째 학생이었고, 저스틴은 그 마지막이었다. 저스틴과 나는 53살이나 차이가 나지만, 우리 각자의 삶의 순간에 클라크가 우리에게 가졌던 믿음은 모두 동일하게 영향을 끼쳤다.

이번 장의 이야기와 영화를 통해 우리 모두가 각자 대단히 특별하며 서로에게 나눠줄 수 있는 각자의 재능이 있다는 사실이 분명하게 전달되었으면 좋겠다. 시애틀에서 클라크는 나를 가르쳐줄 시간이 없었지만, 그는 기꺼이 그 시간을 만들었다. 그는 가르침을 가치 있게 여겼기 때문에 잠을 포기하고 아침마다 나를 가르쳤다.

언젠가 그는 말했다. "(퀸시가) 배우고 싶어 하고, 알고 싶어 한다는 걸 알 수 있었습니다. 그리고 그에게 가르쳐줄 수 있는 게 있었기 때문에 기뻤어요. 그게 저의 마음을 움직였습니다. 내가 이 아이를 도울 수 있구나 싶었죠." 우리보다 어린 사람들은 우리의 미래이며 이는 아주 간단하고 명확한 사실이다. 멘토가 되거나 멘티가 되기 위해서 아주 대단한 유명인이거나 엄청난 발판이 필요한 게 아니다. **당신**을 믿어주는 누군가를 통해 전해지는 것이며, 당신이 믿는 **누군가**를 찾는 것이다.

당신이 존경하는 인물을 떠올려보라. 그리고 그가 했던 일과, 현재 하고 있는 모든 것으로부터 배워라. 당신에 앞선 사람들이 현재의 위치일 수 있었던 방법을 가장 핵심적으로 이해할 수 있는 방법은 보고, 집중하고, 입을 다물고, 듣는 것이다.

어린 내가 원했던 것은 클라크가 내 말을 들어주는 것뿐이었다. 그러한 대단한 연주자에게 다가서는 데는 굉장한 용기가 필요하다. 하지만 내가 늘 말하듯 물어보지 않으면 영원히 얻을 수 없다. 당신은 많은 "안 됩니다"라는 반응을 듣겠지만 한편으로는 "그럽시다"를 들을 수도 있는 일이다.

내 멘토들이 내게 전해준 지식은 나와 평생 함께하고 있다. 그래서 내 공연이 끝난 뒤에 젊은이들이 와서 말을 걸면 나는 최선을 다해 그때와 같은 대화를 하려 하는데, 그럴 때마다 특별한 감정이 느껴지곤 한다. 내가 모든 것을 아는 것은 아니다. 하지만 나의 이야기를 경청하는 이들에게 내가 아는 걸 나눌 때 나의 마음은 따뜻해진다. 솔직하게 말하자면 나는 내가 백 살이 되어도 모든 질문을 대답하지 못할 거라고 생각한다. 왜냐하면 성장에 배움은 필수적이며, 나는 계속해서 성장하고 싶기 때문이다.

나는 오랫동안 멘토십을 열정적으로 역설해왔다. 솔직히 말하자면, 2008년에 나의 형제 어셔Usher와 함께 나는 하버드 공중보건대학에서 멘토링의 달에 관한 PSA를 위해 뭉쳐, 우리의 삶에 멘토십이 어떤 영향을 끼치는지에 관한 생각들을 나누기도 했다.

나는 이 메시지를 전달하기 위해 오랫동안 최선을 다했고, 앞으로도 계속할 생각이다. 만약 멘토링이 한 명의 삶에 영향을 끼칠 수 있다면 그 역할을 다하는 것이기 때문이다.

만약 당신이 나만큼의 세월을 살았다면, 우리의 어린 자매형제를 위해 존재하는 것이 대단히 중요하다는 말에 공감할 수 있기를 바란다. 우리는 그들을 무너뜨릴 수도, 아니면 그들을 성장시킬 수도 있다. 참고로 말하자면, 나는 그들을 **성장시키는** 쪽을 택했다. 어쩌면 나는 나중에 그들의 도움을 받을 수도 있을지도 모른다! 이런 말이 있지 않은가. "혼자 가면 빨리 갈 수 있지만, 함께 가면 멀리 갈 수 있다."

나는 자애롭게 자신의 시간을 내게 나누어주고 나의 삶과 커리어를 믿어준 사람들을 실망시키지 않으려고 최선을 다했다. 그들은 세상이 어둠으로 가득했을 때 내게 빛을 드리워주었다. 나는 조현병으로 어머니를 잃었을 때 느꼈던 감정을 영원히 잊지 않을 것이다. 내 피부색 때문에 채용을 거부했던 일을 잊지 않을 것이다. 내게 일어난 수많은 일을 잊지 않을 것이다.

하지만 나는 나를 가르침으로써 얻을 수 있는 게 단 한 가지도 없었음에도 내게 트럼펫을 가르쳐주겠다고 했던 전설적인 클라크 테리에 대한 기억도 절대로 잊지 않을 것이다. 또한 나를 받아들여서 재즈와 구석구석, 대위법, 선율법, 그리고 현재의 음악가가 될 수 있도록 모든 기반을 가르쳐준 위대한 나디아 불랑제도 잊지 않을 것이다. 내게 진실된 인간이 될 수 있도록 모든 지원과 노력을 아끼지 않았던 카운트 베이시도 있지 않을 것이다. 나는 그들을 절대로 영원히 잊지 않을 것이다.

의문의 여지 없이 내 멘토들은 현재의 나를 만들어주었고, 그들의 사랑과 지도가 없었다면 어쩌면 지금까지도 나는 과거의 어둠 속에 갇혀 있을지도 모른다.

그러므로, 우리와 남들을 위해 빛을 계속해서 켜두도록 하

자. 클라크 테리는 〈바보 삼총사The Three Stooges〉의 대사를 늘 인용하곤 했다. "첫 번에 성공하지 못한다면 계속해서 공을 세워봐. '선 공'을 볼 때까지 말이야!"●

● 원래 대사는 "If at first you don't succeed, keep on suckin' 'til you do suck a seed!"(첫 번에 성공하지 못한다면 계속해서 빨아봐. 씨앗을 빨 때까지 말이야!)이다. 성공(succeed) 과 씨앗을 빨다(suck a seed)를 언어 유희적으로 사용한 대사다.

Note

삶의 가치를 인식하라

마침내 우리는 마지막 이야기에 도달했다. 목표를 이루고 일정한 수준의 성취를 하는 건 멋진 일이지만, 이미 이룬 다음에는 무엇이 존재하는가? 이건 내가 수많은 죽음과 이별을 마주한 이후에 수도 없이 마주한 질문이다. 조심하지 않는다면, 물질적 성취와 소유의 축적은 일시적인 만족감을 불러일으킬 수 있다. 하지만 나는 삶과 죽음의 기로에 서서야 단순하지만 복잡하게 얽힌 삶 자체가 궁극적인 성취라는 것을 알게 되었다.

　나만큼 오래 살게 되면 자연스레 도덕성에 대해 자주 생각하곤 한다. 참고로, 나는 내 자신의 장례식에 참석했었다. (이건 조금 후에 이야기하도록 하겠다.) 죽음을 직면하게 했던 사건들이 죽음으로 끝나지 않은 것에 신에게 감사함을 느끼지만, 죽음에 그토록 가까이 근접하는 사건을 겪자 조금 스스로에 대해 생각을 하게 했다.

실은, 조금이 아니라 많은 생각을 했다. 스스로 진단하기에 일중독자인 나는 안타깝게도 인정하고 싶지 않을 만큼 오랫동안 가족과 건강을 뒷전으로 미뤄놨었다. 하지만, 나의 성취가 가져다준 수많은 굉장한 수상과 찬사에도 불구하고, 내가 품고 있는 가치, 그리고 가족과 그 너머에 미치는 영향이 가장 중요하다는 것을 깨닫게 되었다.

더 많은 걸 갈구하는 것은 잘못된 게 아니다. 나는 진심으로 이를 장려한다. 하지만 왜 갈구의 목적을 묻고 싶다. 자신의 내놓는 답변에 놀라게 될 것이다. 하지만 대부분은 대답할 답변이 없다는 사실에 놀랄 것이다. 커리어란 건 변덕스럽고, 지위라는 건 생겼다가도 없어진다.

하지만 모든 걸 고려해볼 때 당신은 어떠한 유산을 남길 것인가? 당신에게 주어진 시간으로 한 것 중 무엇에 자랑스러움을 느낄 것인가? 내가 도달한 이것들에 대한 답변을 모두 들려주겠다. 하지만 그전에 내 인생에 있었던, 끝 지점이 시작점이 되었던 중요한 순간 몇 가지 사례를 들려주어야겠다.

1947년.

C#장에서 했던 이야기를 기억하겠지만, 내 첫 밴드는 전설적인 밴드리더 범프스 블랙웰이 이끌었던 밴드였다. 범프스는 시애틀 지역에서 굉장히 영향력이 있었고, 그는 육군 주방위군 밴드를 총괄하기도 했다. 그의 밴드에 들어가기 위해서는 18살이 넘어야 했지만, 나와 학우들은 범프스와 친했기 때문에 그는 서류에 우리의 나이를 속여서 기재하곤 했다. 당시에 우리는 겨우 14살이었다.

전원 흑인으로 구성된 워싱턴주방위군 41보병사단 밴드에 합류한 후 참여한 첫 번째 '행사'는 내가 예상했던 것보다 훨씬 더 큰 행사였다. 그해 여름에 두세 달 동안 나는 육군의 캠퍼 머레이에서 현역으로 복무했다. 나와 밴드원들은 "좌향좌!"를 어떻게 하는지조차 알지 못했다. 하지만 우리는 연주를 잘했고, 중요한 건 그것뿐이었다. 우리들의 병장은 그렇게 생각하지 않았을지는 몰라도 우리에겐 확실히 그랬다.

우리의 복무 기간이 끝나갈 즈음, 우리에게 주어진 임무 중 하나는 타코마의 로데오에서 연주하는 것이었다. 그래서 4명의 밴드원과 나는 차를 타고 남쪽으로 갔다. 가는 길은 수월했다. 웃고 떠들고 연습했다. 하지만 순식간에 모든 게 바뀌었다. 갑자기 대형 버스가 나타나 우리가 타고 있던 차량을 그대로 들이받은 것이다.

나는 그때 일어난 사고의 기억을 떨쳐내려고 오랫동안 고생을 했다. 그날 많은 사람이 목숨을 잃었다. 버스 탑승객 중 3명이 사망했고, 우리 차에서는 앞좌석에 2명, 뒷좌석에 2명이 사망했다.

거기서 내가 살아남았다는 걸 믿기 어려웠다. 나는 앞좌석에 앉은 친구 중 1명을 끌어내리려고 했지만, 충돌로 인해 그는 이미 머리가 사라진 뒤였다. 그리고 이는 내 인생에서 가장 충격적인 트라우마 중 하나로 남았다. 지금까지 나는 운전을 배우지 않았다.

1969년.

유명 영화감독인 피터 예이츠Peter Yates가 영화 〈블리트Bullitt〉의 음악을 내게 의뢰했을 때, 나는 완전히 망가져 있었다. 충수 절제술을 받은 지 얼마 되지 않아 작업을 승낙할 만큼 건강이 좋지 않았기 때문이다. 그러나 얼마 지나지 않아서 내 친구이자 출연 배우 스티브 매퀸Steve McQueen이 영화의 초기 편집본을 보러 오라고 했을 땐 기쁜 마음으로 참석했다.

내 미용사이자 친한 친구 제이 세브링Jay Sebring과 함께 갔는데, 그는 스티브의 미용사이기도 했다. 상영회가 끝난 뒤에 제이는 나를 L.A.의 시엘로 드라이브에 있는 샤론 테이트Sharon Tate과 로만 폴란스키Roman Polanski의 집에 초대했다. 당시에 로만은 런던에 있었지만, 업계 관계자 몇 명이 더 참석할 예정이었다.

사람이 '지혜로워질' 때면 다들 그렇듯, 나도 두피 몇 군데에 머리가 벗겨지고 있었다. 제이는 탈모를 감추고 머리숱이 채워지게 해줄 기적의 탈모약을 나눠주겠다고 말했다. 그는 말했다. "오늘 밤, 샤론네에서 만나자. 거기에서 내가 '땜빵' 패치를 줄게."

그렇게 제이와 나는 저녁에 만나기로 약속하고 각자의 길을 갔다. 그러나 나는 그날 저녁 내내 무엇을 했는지에 관한 기억이 없을 만큼 피곤한 상태였다. 하지만 무엇을 했든 간에 결국에는 집에 와서 곯아떨어진 것은 분명했다.

다음 날 아침, 단잠을 자고 있던 나는 여태까지도 내 인생에서 가장 충격적인 통화로 남게 된 전화를 받으며 처참한 기분으로 일어났다. 수화기의 반대편에선 내가 지금까지도 잊지 못하는 일곱 개의 단어가 울려 퍼졌다. "혹시 제이에 관한 소식 들었어? 그가 죽었대." 나는 반사적으로 대답했다. "개소리. 어제도 그와 함께 있었는데."

불신에 가득 찬 채로 전화를 끊은 뒤에 나는 제이의 회사 세브링 인터내셔널에 전화를 걸었다. "제이와 통화할 수 있나요?" 나는 떨리는 목소리로 물었다. 반대편의 여성이 물었다, "누구시죠?" "퀸시 존스입니다." "제이 세브링은 죽었어요"라고 그녀는 단호히 말하고는 전화를 끊었다.

나는 뉴스를 켰고, 샤론의 집 앞마당으로 시신 운반용 부대들이 옮겨지는 장면을 보였고, 공포감이 나를 엄습했다. 그 시신들은 제이를 비롯해 그 파티에 참석했던 소중한 사람들이었다. 이 사건은 추후 '맨슨 패밀리 테이트 살인 사건'으로 불리게 되었고, 뉴스를 통해 나를 비롯한 온 세상이 테이트의 가정집에서 무슨 일이 일어났는지를 알게 되었다. 내가 그 장소에 참석해야 했다는 것을 제외한다면 말이다.

사건 바로 직후에는 누가 이러한 범죄를 저질렀는지가 불분명했고, L.A. 전역에 경비가 강화되었다. 사람들은 서로를 의심했고, 사람들 사이에는 과도한 경계심이 생겨났다. 이는 군사 정보를 담당했던 테이트의 아버지가 조사관들과 함께 찰스 맨슨Charles Manson이 분명하다고 지목할 때까지 이어졌다.

나중에 밝혀진 바로는 맨슨이 자신의 '패밀리' 또는 그의 컬트 추종자들에게 그 집의 전주인을 목표하라고 지시를 한 것이었다. 그 전주인은 비치 보이스The Beach Boys의 유명한 제작자인 테리 멜처Terry Melcher였는데, 그가 앨범을 함께 만들자는 맨슨의 제안을 거절했기 때문이었다.

나는 샤론을 제법 잘 알았고, 1960년대 후반에는 그녀의 집을 사려고도 했는데, 당시의 집주인이 세를 줄 생각뿐이어서, 그 집 대신 딥 캐니언 드라이브에 있는 다른 여배우 재닛 리Janet Leigh의 집을 사게 됐다. 이러한 현실에 관한 생각들은 내가 도저히 이해할 수 없는 지경에 이르렀다. 이렇게 생각할 수밖에 없었다. 만약 내가 테리 대신 그 집에 살았다면 내가 살인의 목표물이 될 일이 없고, 그렇다면 모두가 지금까지도 살아 있을 거란 생각이었다. 한편으로는 만약 내가 그날의 파티에 있었다면 어떻게 되는 것인가? 정말 쓸데없는 생각이지만, 나의 머릿속 일부는 여전히 이러한 무의미한 상황에서 의미를 찾으려고 한다.

1974년.

이때의 나는 두 번의 결혼과 이혼을 겪은 상태였다. 41세에 나는 당시 여자친구 페기 립튼Peggy Lipton과 정착했다. 그녀는 내 아내가 되었고 두 딸 키다다Kidada와 라시다Rashida를 낳았다. 나는 내 앨범 [Mellow Madness]를 만들기 위해 3일 밤낮으로 작업하고 나서 캘리포니아주 브렌트우드에 있는 집으로 돌아왔다. 그때 갑자기 나는 엄청난 두통을 느꼈다. 누군가 엽총으로 내 뒤통수를 쏜 듯한 느낌이었다. 자세를 바로잡으려고 했지만, 고통이 나를 집어삼켰고 나는 혼수상태에 빠졌다.

돌이킬 수 없는 상황이 오기 전에 페기가 나를 발견했고, 나를 재빨리 병원으로 이송했다. 이후에 알게 된 것이지만, 내 뇌의 주요 동맥이 터져버렸던 것이었다. 내가 생존할 가능성은 1퍼센트였고, 7시간 반에 걸친 수술을 하는 동안 의사는 마치 이글루를 만드는 것처럼 내 머리뼈에서 블록을 만들어 떼어냈다.

수술이 끝난 뒤에 머리를 붕대로 완전히 감은 내게 의사가 말했다. "좋은 소식은 생존했다는 것입니다. 나쁜 소식은 하나가 더 남았다는 사실입니다. 다시 수술실로 들어가야 해요." 나는 곧 터질 또 하나의 동맥을 수술받기 위해 다시 수술대에 올라야 했다.

첫 번째 동맥류는 마치 정신이 육신을 빠져나가는 듯한 경험이었는데, 마치 신이 나의 영혼에게 이리 오라고 손짓하는 듯한 상상이 들기도 했다. 하지만 아직 떠날 때가 아니었다. 수술은 마치 의사들이 내 머릿속의 거미줄을 전부 치워주는 것만 같았다. 나는 아직 해야 할 일들에 대해 생각했다. 내가 계속 품고 있던 유감, 내가 용서해야 하는 사람들, 내가 용서를 구해야 하는 사람들, 내가 마무리해야 할 일, 그리고 가장 중요한 존재인 내 아이들을 생각했다.

내 딸 키다다는 당시에 겨우 5개월이었고, 나는 아직 아빠라는 말을 듣지도 못했었다. 나는 그 단어를 듣지 못한 채로 세상을 떠나거나 아버지가 없이 내 딸이 세상을 마주하게 할 수는 없었다. 내가 좋은 아버지가 되기 위해 얼마나 노력하든, 아이들이 필요로 했던 일부분에서 내가 완전히 실패했다는 사실은 부정할 수 없다. 최선을 다했지만, 나는 그들의 삶에 늘 함께하지 못했다. 내가 아는 것이라고는 '더 많은 것'을 추구하며 쉬지 않고 달리는 것뿐이었다.

첫 번째 수술 이후의 암울한 결과를 들은 음악 업계의 내 지인들은 L.A. 슈라인 음악당에 나를 위한 추도식을 준비하기 시작했다. 수술은 8월에 진행됐고, 추도식은 9월에 열릴 예정이었다. 결과적으로 나는 생존했고, 그 추도식은 삶을 축복하는 콘서트로 변경되었다.

초대석에 수술을 집행한 의사 중 한 명이었던 그로드 선생Dr. Grode이 앉아있는 걸 보자, 나는 내가 나의 장례식이 될 예정이었던 행사에 참석했다는 사실을 불현듯 깨달았다. 이 행사는 내가 다른 프로덕션을 위해 함께 작업했던 피터 롱Peter Long, 그리고 늘 최고의 공연기획자인 달린 챈Darlene Chan이 기획하고 제작했다. 그들은 내가 생각할 수 있는 모든 사람이 포함된 라인업으로 행사를 준비했다는 사실이 놀라웠다.

캐넌볼 애덜리Cannonball Adderley의 밴드에 프레디 허버드Freddie Hubbard가 있었고, 세라 본, 미니 리퍼튼Minnie Riperton, 쿠바 구딩 주니어Cuba Gooding Jr.가 리드 보컬을 맡은 메인 인 그리디언트The Main Ingredient, 레이 찰스, 빌리 엑스타인, 와츠 프로페츠, 마빈 게이가 포함되어 있었다. 로스코 리 브라운Roscow Lee Brown은 낭송을 맡았고, 브록 피터스Brock Peters와 시드니 포이티어Sidney Poitier, 리처드 프라이어Richard Pryor도 낭송했다.

그렇다고 너무 흥분해서는 안 됐다. 나의 신경외과의사인 밀튼 하이페츠Milton Heifetz 선생은 뇌에 심어놓은 금속 임플란트 때문에 너무나 많은 생각을 하는 건 위험할 수 있다고 했다. 이것은 내가 다시는 트럼펫을 불 수 없게 만든 그 임플란트이기도 하다.

2015년.

내 가족들을 대하고 돌보는 방식과 관련하여 나의 행동들을 개선했지만(나는 총 7명의 아이를 키웠다), 제대로 되지 않은 식습관과 과도한 음주로 인해 내 신체를 학대하는 행동은 계속됐다. 나는 가는 곳마다 보드카와 1961년산 샤또 페트뤼스를 준비했는데, 그것은 내가 지난 60년 이상 해온 삶의 방식이었다. 그리고 2015년 1월 7일, 잔을 비우고 나서 나는 당뇨로 인한 혼수상태에 빠졌다.

나는 다시 한번 앰뷸런스를 타고 병원으로 이송됐고, 4일 동안 무의식 상태로 있었다. 병실 침대에 누워있는 내게, 영화에서나 봤던 일처럼 내 삶이 주마등처럼 지나갔다. 뇌동맥류로 인해 죽을 뻔 했던 **지난 번** 경험에서 겪었던 기분이 되살아났다. 비슷했지만, 지난번과는 분명히 다른 경험이었다. 왜냐하면 이번 사건은 내가 **스스로** 한 행동으로 발생한 것이었기 때문이다.

교통사고라든지 동맥류나 맹장염을 겪는 건 내가 어찌할 수 없는 일이다. 하지만 나는 내 인생에 긍정적인 영향을 끼치지 않는 행동을 하기로 선택했다. 담배를 태우고, 술을 마시고 하는 것들을 이야기하는 것이다. 이걸 이겨내야 비로소 제대로 된 사람이 될 수 있을 거라고 생각했고, 신께 감사하게도 나는 해내고 말았다. 마지막으로 일어선 뒤에 나는 많이 반성했다.

인생이 다사다난하다는 것은 누구나 알지만, 우리는 종종 그것들이 우리가 스스로에게 한 행동들이라는 사실을 망각하곤 한다. 1940년대와 1950년대에 재즈 연주자들의 지도를 받으며 성장하며 나는 마약도 했고, 24시간 동안 담배를 4갑이나 피워대기도 했다. 레이 찰스나 프랭크 시나트라 등과 함께하면서는 아마도 4,000명 정도는 마실 수 있는 술을 섭취한 것 같기도 하다! 진심이다. 아마도 죽음 앞까지 내팽개쳐지지 않았다면 지금까지도 저렇게 살고 있었을 것이다.

모든 것, 심지어는 건강마저도 정신에서 시작된다는 것을 우리는 잊지 말아야 한다. 정신은 우리가 가진 것 중 가장 강력한 것이다. 이것은 당신에게 영원히 푸른 목초지를 제공할 수 있지만, 한편으로는 가장 어두운 길거리로 내몰 수도 있다. 정신 장애를 제외하고, 그러한 수준의 인식 수준에 도달하는 건 온전히 자신의 몫이다. 자신의 의식 상태를 바꾸기 위한 의도적인 노력과 그 이후의 행동이 없다면 어떤 것도 변하지 않을 것이다.

　나는 그것에 도달하기 위해 몇 번의 생사의 길을 건너야 했지만, 결국에는 성공할 수 있어서 감사한 마음이다. 나는 당신이 그런 길을 마주하지 않기를 바란다. 그 대신 내 이야기를 듣고 상기하며 당신에게 필요한 변화를 찾아서 실행하기를 바란다.

　인생에서 까다로운 부분은 지속적으로 자신의 성장을 살펴봐야 한다는 점이다. 습관이 습관인 이유가 있다. 떨쳐내기 어렵고, 얻은 교훈도 의식적으로 되돌아봐야만 기억할 수 있기 때문이다. 내게 있어 삶을 돌아보는 건 놀라운 일이었다. 종류를 가리지 않고 마셨던 술을 밀어내고 나니 과거의 모든 기억이 선명하게 보이기 시작했다. 도저히 다른 방식으로는 찾을 수 없었던 행사에 대한 기억들도 생각나기 시작했다.

　이제 나는 중요한 기억들이 흐려지지 않는다는 사실에 감사하다. 잘못된 행동을 청산한 2015년 이후로는 모든 방면의 길이 선명하게 보인다.

　내가 이런 말을 하는 것은 스스로를 받침대에 올려놓기 위해서가 아니다. 오히려 나는 내가 **여전히** 살아 있으며, 내가 이 책에서 이야기하려는 모든 것들을 이야기할 수 있는 것이다.

　오해하지 않기를 바란다. 나는 모든 것을 다 안다고 생각하는 게 아니라, 88살의 내가 깨우쳤다고 느끼는 교훈들을 전달하려고 하는 것이다. 이 글을 읽는 당신에게도 그것들이 닿았으면 한다.

아주 어려서부터 내가 태어난 위험한 동네에서 '탈출'할 수 있었던 유일한 방법은, 성공을 이루는 것이었다. 내 삶의 모든 단계에서 성공에는 그보다 큰 대가를 치러야했다. 가족과의 관계나 건강이 종종 위험해지기도 했다. 그러나 내 삶은 그 어느 때보다도 풍성하다. 나는 내가 하는 일을 **왜** 하는지를 알고 있기 때문이다. 가족을 위해, 창의성을 통해 희망과 사랑을 퍼뜨리기 위해, 그리고 부디 내가 만나는 사람들에게 긍정적인 영향을 끼칠 수 있기 위해서다.

아직 당신만의 답을 찾지 못했다고 해서, 괴상한 사고를 당하거나 죽음의 문턱까지 가서야 고민해야 하는 것은 아니다.

장기적으로 보았을 때 상실감의 경험은 간접적으로 삶의 가치를 깨닫게 해줄 수 있지만, 살아 있는 동안에 그것을 기념하는 것과는 완전히 다른 것이다. 나의 다섯 번째 딸 라시다와 나의 또 다른 형제 앨런 힉스(〈킵 온 키핑 온〉을 함께했던 그 감독이다)가 2018년에 넷플릭스를 통해 최신 다큐멘터리 영화 〈퀸시 존스의 음악과 삶〉을 넷플릭스를 발표하고 나서 나는 더 많은 반추를 할 수 있었다.

삶이 주마등처럼 지나갔고, 그 모든 과정의 굴곡을 볼 수 있었다. 실패와 성공, 그리고 한 발 떨어져서 봐야만 알아챌 수 있었던 뉘앙스들을 볼 수 있었다. 커다란 화면으로 삶의 중요한 사건들을 보는 것, 그리고 무엇보다 그것을 세상과 나누는 것에 비교할 수 있는 건 없다.

이는 나를 대단히 겸손하게 만드는 경험이었다. 내가 해온 모든 일을 다시 떠올리는 것 이상이었다. 내가 하고 싶은 것들을 깨우치게 해주는 것이기도 했다.

영화를 다 본 뒤에 내 마음속에는 '영원히 살 수 있으면 좋겠다'라는 진심어린 생각이 떠올랐다. 그럴 수 없다는 걸 명백하지만, 그러고 싶었다. 한 비평가는 영화에서 내가 "만족할 줄 모르는" 존재로 등장한다고 리뷰에 썼는데, 어떤 부분에서는 맞는 말이다. 인간으로서 우리는 무언가를 더 원하고 만족을 모르도록 만들어졌다. 아이들이 무언가를 원할 때 그것에 관한 생각을 하기에도 앞서서, 곧바로 행동으로 보여주거나 "내 거야"라고 말을 외치는 것을 떠올려 보라. 무언가 더 원하는 욕망을 부정하긴 어렵다.

나는 이 질문을 자주 받았다. "이미 많은 걸 이뤘다고 생각하지 않나요?" 충분히 이뤘다고 보일지 몰라도, 내가 해보고 싶은 것은 아직 많이 남아 있다. 나는 지금도 길거리의 이야기를 담은 오페라를 쓰고 싶다. 앨범과 영화와 뮤지컬을 발표하고 싶다. 하지만 그런 것들보다 더, 내 아이들, 그리고 내 아이들의 아이들을 보고 더 나이가 내 나이가 되는 모습을 보고 싶다. 그리고 내가 이룰 수 있든 없든 간에 하고 싶은 일이 너무나 많다. 쉽지 않은 일이겠지만 반드시 이루고 싶은 소망이다.

어쩌면 당신은 여든 번의 그래미상 후보에 오르는 절대적 비밀을 알 수 있을 거라거나 자신의 창의성 최고점에 도달하는 방법을 찾을 수 있기를 바라며 이 책을 읽기 시작했을지도 모른다. 하지만 나이가 들수록, 매일 살아있음을 느끼며 존재한다는 것 자체가 최고의 창의력 형태라는 걸 강조하고 싶다.

동맥류를 겪은 뒤에 의사는 내게, 인간의 무의식에는 각각 삶의 동력 또는 죽음에 대한 바람이 존재한다는 이야기를 해주었다. 죽고 싶어하는 사람들은 독감 같은 것만으로도 죽을 수 있다고 그는 말했다. 하지만 위험한 상황에서도 살아남는 사람들은 삶의 동력을 가지고 있다고 했던가? 뇌를 수술할 당시에 의사들은 내 손을 묶어놨는데, 나를 마취했음에도 내 몸은 계속해서 움직였다. 나는 내가 생존을 위해 계속해서 투쟁했다고 생각하고 싶다.

모든 것이 끝난 뒤, 나는 살아있음에 축복받았다고 느꼈다. 특히나 이토록 오래 살아 있으니 말이다. 나는 죽음을 마주했던 순간들을 떠올리곤 하는데, 그럼으로써 현재의 순간이 더욱 특별하게 느껴지기 때문이다. 인생은 여행과 같고, 앞에 무엇이 펼쳐질지 알 수 없다. 하지만 지금 나는 다음과 같이 자신있게 말할 수 있다.

고통을 목적으로 승화하라, 볼 수 있다면 이룰 수 있다, 도전해봐야 알 수 있다, 이정표를 그려라, 중대한 기회를 위해 언제나 준비되어 있어라, 좌뇌를 연마하라, 분석을 두려워하지 마라, 저평가 당하는 데서 나오는 힘을 인지하라, 남들이 시도하지 않은 걸 하라, 관계의 가치를 이해하라, 아는 것을 나누어라, 그리고 가장 중요한 것 삶의 가치를 인식하라. 그리고 가족들—혈연관계만을 이야기하는 게 아니다—에게 사랑한다고 말해라. 친구들에게 보고 싶다고 연락해라. 그들을 위해 곁에 있어 주도록 해라. 그들이 필요하다고 할 때만이 아니라 그들이 없어도 된다고 할 때도 곁에 있어 주어라.

궁극적으로, 삶의 모든 것에 관심을 주도록 해라. 당신이 신경쓰지 않았던, 그다지 중요하지 않다고 여겼던 부분들에 관심을 가지는 잠깐의 시간을 가져 보아라. 수년간 보지 못했던 친구에게 따뜻한 포옹을 받는 데서 오는 기분부터, 머리로 생각하고 그것을 행동으로 옮길 수 있는 소박한 것까지 말이다. 얼마나 놀라운가. 별거 아닌 것처럼 보일 수 있지만, 모두가 같은 기회를 얻지 못한다. 이 책을 읽고 있다면 높은 확률로 당신은 책을 읽을 수 있는 어떠한 수준의 특혜를 누리고 있는 것이다.

존재하는 것과 모든 순간에 감사함을 느끼는 방향으로 사고방식을 바꿈으로써 내 삶과 작품의 질이 큰 폭으로 향상되었다는 사실을 알게 되었다. 사람들은 80대 후반에 나이에 어떻게 그런 에너지가 남아 있냐고 묻고, 어떻게 아직까지 내 작품과 다른 이의 작품에서 활발하게 창작 활동을 할 수 있나고 묻는다.

이에 대해서는, 나는 내가 가진 것을 잃어버리지 않고 계속 활용한다고 답한다. 내 삶에 나는 대단히 감사함을 느끼고, 생각하고 일하고 창작할 수 있는 내 능력에 감사함을 느낀다. 하지만 그것들은 우연히 생겨나지 않는다. 나는 그것이 내 커리어에 직접적으로 연관이 있든 없든 간에, 인간으로서 성장하고자 하는 욕구를 가지고 있었고, 현재도 마찬가지다. 그 모든 걸 해낸 이후에도, 내가 살아 있고 가능한 한 나는 계속해서 창작할 수 있고, 계속해서 창작을 할 것이다. 그리고 당신이 살아있고 가능한 한 당신은 계속해서 창작할 수 있고, 창작해야 한다. 세상에는 더 경험하고, 만들고, 나눌 것이 많이 있다.

말이 나왔으니, 내 동생 로이드가 해준 말을 떠올리지 않을 수 없다. 그가 세상을 떠난 1998년 이전에 그는 죽어가면서 자신이 시간을 많이 낭비했다는 사실을 알게 되었다고 했다. 로이드가 신장에 생긴 암성 종양으로 인해 일을 그만두게 되었을 때 이 사실을 모르던 한 사람은 그에게 일을 그만 뒤에 자신을 어떻게 규정할 거냐고 물었고, 로이드는 이렇게 답했다. "나는 수백 가지로 저를 규정할 수 있어요. 저는 사람입니다. 저는 엔지니어고요. 목공수입니다. 누군가의 남편이에요. 누군가의 동생이고요. 누군가의 아버지입니다. 저는 자전거를 타는 사람입니다. 스케이트를 타는 사람이고요. 스키를 타는 사람입니다. 젠장. 저는 많은 것을 하는 사람이에요. 하지만 저는 중도포기자는 아닙니다."

극한의 상황 속에서도 강인함을 잃지 않았던 그의 모습은 우리에게 주어진 삶을 살아간다는 것이 얼마나 중요한지를 가슴 찡하고 아름답게 일깨워주었다. 나는 많은 사상자를 낸 사고에서 살아남은 축복받은 생존자이며, 숨을 쉴 수 있는 날마다 하나님께 영광과 감사를 드리려고 노력한다.

하지만 정신적 강인함과 긍정적 태도만으로 삶의 질을 규정할 수는 없다. 만약 그것이 가능하다면, 내 다음 80년도 아주 환상적일 것이다. 내가 속한 일과 업계에서 나는 마치 자신들이 불사의 존재인 것처럼 삶을 포기하고 사는 어린 연주자들을 자주 본다. 그런 삶을 사는 것이 어떤 느낌인지 잘 알지만, 나는 그런 그들을 앉혀두고 조금은 천천히 가라고 이야기하고 싶다.

내일이 없을 것처럼 술을 마시지 말아라. 작은 일에 너무 많은 스트레스를 받지 말아라. 자신의 건강을 망치지 말아라. 내 나이가 되면 그렇게 행동한 자기 자신에게 감사함을 느낄 것이다. 비록 예전만큼 탄력적일 수는 없겠지만, 그래도 그동안 많은 거리를 달릴 수 있었던 것에 대해 감사해야 한다. 일할 수 있도록 자신에게 주어진 영역에 감사함을 느끼도록 하라. 주님은 그것이 내게 늘 쉬운 일은 아니었다는 걸 아신다.

내 나이가 아흔이 다 되어간다는 사실은 익숙하지 않다. 나는 35살인 것 같은 느낌이 든다. 금주를 하고 몸을 아낀 결과가 이 정도일 거라고 누가 생각했겠는가? 건강할 때 몸을 소중하게 여기도록 하자. 미움보다는 사랑을 나누자. 특히나 지금처럼 인류애를 시험하는 작금의 시대에는 더욱이 그래야 한다. 우리는 각자의 이유를 가지고 태어났기에, 애써 적을 만들기 위해 시간을 낭비할 필요는 없다. 우리에게 당장 주어진 선택은 싸우거나 연합하는 것뿐이라면, 내 유일한 대답은 **연합**이다!

요즘, 그리고 매일 같이 나는 내 아이들이 주는 사랑에 복이 겹다. 내게는 이 세상에서 무엇과도 견줄 수 없는 7명의 아이가 있다. 아들 하나와 딸 여섯(졸리, 레이첼, 티나, QD III, 키다다, 라시다, 케냐Kenya)이 있는데 나이로 보면 28살부터 70살까지 있다. 내가 그들의 아버지가 될 수 있게 해주신 신에게 감사하다. 우리에게 주어진 모든 것을 돌아보는 시간을 가지는 것이 중요하며, 때로는 수직적인 자세만으로도 충분하다!

전 세계적으로 자가격리 행정 명령이 시행되었던 2020년을 돌아보면, 당장 내일 어떤 일이 벌어질지에 대해 우리가 알 수 없음을 분명하게 알 수 있다. 하지만 그 와중에 우리 개개인의 창의적인 목소리가 이를 가장 필요로 하는 사람들에게 미약하게나마 연결성을 느낄 수 있도록 하는 것이 나의 바람이자 기도다. 그리고 내가 세상을 떠나고 많은 시간이 지난 후에도 계속 그렇게 할 수 있기를 바란다.

끝으로, 나는 2001년 자서전의 마지막 문단에 이렇게 썼다. "이제는 여러분이 내면에 품고 있는 가치—일과 사랑과 성실성에 관한—가 가장 큰 가치를 지니고 있다고 말할 때입니다. 왜냐하면 이러한 가치야말로 꿈을 잃지 않고, 마음을 굳건히 지키며, 또 다른 날을 준비할 수 있는 원동력이기 때문입니다. 그러고 나서 뒤돌아보며 '아끼고 이끌어준 선배들처럼 겸손하게 창의성에 접근하고 우아하게 성공에 대응하는 법을 가르치며 최선을 다해 살았어'라고 말할 수 있을 겁니다."

이 글을 쓴 지 거의 20년이 지난 지금도 이 가치는 여전히 유효하다. 우리 모두가 삶의 가치를 인식하고, 언제 어디서든 할 수 있는 한 치열하게 살고, 사랑하고, 베풀 수 있기를 바란다.

참으로 대단한 여정이었고, 모든 과정이 즐거웠다. 내가 끝날 때까지 계속해서 나아갈 거라는 내 말을 믿길 바란다! 이어지는 당신의 페이지들은 당신이 직접 채워 나가야 할 것이다, 그것으로 무엇을 할지는 전적으로 당신에게 달렸다. 크나큰 사랑과 존경을 보낸다!

욜로 코코. 인생은 단 한 번 사는 것, 그러니 계속해서 나아갈 것! YOLO KOKO. You Only Live Once, So Keep On Keepin' On!

Give life your full attention.

삶의 모든 것에 관심을 주도록 해라.

감사의 말

이 책의 감사의 말을 쓴다는 건 굉장히 어려운 일이다. 왜냐하면 내가 살면서 만난 **모두**에게 감사의 인사를 전하고 싶기 때문이다. 그러나 지금의 나를 만들어준 모든 사람들에게 감사함을 전한다는 건 불가능하다. 그러므로 나는 이 책을 완수할 수 있도록 직접적인 도움을 준 사람들을 언급하는 것으로 한정하겠다. 언급되지 않은 사람들은 본인들이 더 잘 알 것이다! 크나큰 사랑과 존경을 보낸다.

개빈 와이즈   니키타 람바

게젤 로딜   다이앤 쇼

그레그 래머   데보라 포맨

그렉 고먼   돈 패스맨라모나 파비

글렌 푸엔테스   레베카 카플란

글로리아 에체니크   레아 펫라키스

나타샤 마틴   로리 앤더슨

로저 트루히요

루스 치

리처드 존스

마리아 보니야

마미 반 랑겐

마이클 데이비스

마이클 페하

마크 제럴드

맥스 메이슨

멜리사 마후드

미카엘 라 토레

벤 퐁토레스

브리타니 파머

사라 마스터즈온한리

살 슬라비

스테이시 크리머

아놀드 로빈슨

아담 펠

아담 하트

아르만도 어베이트

아벨 테스파예

안날레아 마날릴리

알렉스 바나얀

알리사 레인 스미스

에드가 마키아스

에릭 하이먼

제니스 킴

제레미 바렛

제시카 위너

제임스 캐넌

제프 캐넌

조던 에이브럼스

존 캐넌

캐시 캐넌

크리스 시나다

크리스티아나 윌킨슨

클레어 마오

테레사 보오르케스

테스 칼레로

토머스 듀포트

파비올라 마르티네스

패트릭 조던

폴 아길라르

그리고 당연히 내가 사랑하는 나의 아이들과 증손들이 없다면 나는 아무것도 아니다! 졸리, 레이첼, 티나, QD III, 키다다, 라시다, 케냐, 도노번, 써니, 에릭, 제시카, 렌조, 리니아, 아이재아, 테슬라, 그리고 빌리 베이시에게.

그리고 사랑스러웠던 추억을 공유했던 내 처제 글로리아 존스와 재키 애번트에게.

삶과 창의성에 대하여
퀸시 존스의 12가지 조언

초판 인쇄 2024년 4월 2일
초판 발행 2024년 4월 22일

지은이   퀸시 존스
옮긴이   류희성
책임편집   심재헌
편집   김승욱 이도이
디자인   조아름
마케팅   김도윤
브랜딩   함유지 함근아 고보미 박민재 김희숙
             박다솔 조다현 정승민 배진성
제작   강신은 김동욱 이순호
발행인   김승욱
펴낸곳   이콘출판(주)
출판등록   2003년 3월 12일 제406-2003-059호
주소   10881 경기도 파주시 회동길 455-3
전자우편   book@econbook.com
전화   031-8071-8677(편집부) 031-8071-8681(마케팅부)
팩스   031-8071-8672
ISBN   979-11-89318-54-3 03840

●   이 책의 본문은 '을유1945' 서체를 사용했습니다.